「んやっ」
ぺろりと、緊張に閉じきった唇を舐めると光樹が妙な声を出した。

誘眠ドロップ

Sleeping drop

崎谷はるひ

HARUHI SAKIYA presents

KAIOHSHA ガッシュ文庫

イラスト★山田シロ

CONTENTS

★本作品の内容はすべてフィクションです。
実在の人物・地名・団体・事件などとは一切関係ありません。

誘眠ドロップ

十七歳梶尾空滋《かじおくうじ》の放課後は非常に忙しい。

都内にある高校の二年生であり、ハンドボール部の副部長に任命されている彼は、常ならばその部活での練習及び、部員のカリキュラム管理ほか、部会の打ちあわせのための資料作りなどに追われているはずだった。

都大会出場経験のある部ともなれば、期待とプレッシャーもけっこうなものだ。

だが夏の大会を終え、中間試験も再来週と迫ってきたこの時期、その煩雑《はんざつ》な忙しさもだいぶ薄れた。

ことにこの日は金曜日、土日の連休を前に学生たちはふわふわそわそわした気分を隠せないでいる。

「かーじおー。今日ひま？　なあ、カラオケいかね？」

心地よい秋の風に吹かれて、どことなく浮かれた友人の声。遊びの誘いに、空滋はつれなく首を振った。

「あー、悪い。都合つかへん。またそのうちな」

「そのうちそのうちって、いつだよぉ。部活ないんだろ、いいじゃん」

ちょっとばかりしつこく絡んでくるあたり、どうやらただのカラオケではないらしい。

空滋は面倒な予感を覚え、ため息混じりに問いかけた。

「もしかして、合コンか？」

「あたり。桜《さくら》女子の幹事に、イケメン連れてこいって頼まれたんだよ」

お願い、と手をあわせて拝まれて、空滋は鼻白んだ。

「イケメンて、なんやそれ」

うんざりした顔を隠さない空滋自身は自覚がなかったが、足止めを食らっている彼の横顔をちらちら眺めて通りすぎる女生徒たちの姿はかなりの数だ。

まず身長は一八〇センチ台と、十七歳男子の平均を大きくうわまわる。

すっきり硬質な輪郭《りんかく》に高い鼻梁《びりょう》、意志の強そうなはっきりした眉《まゆ》と、しっかり結んだ厚めの唇。

野性味あふれる顔立ちは一見強面《こわもて》に映るけれども、垂れた目尻《めじり》にちょっとばかりの愛嬌《あいきょう》がある。

いわゆる美形だとかハンサムというタイプではないにせよ、見目よく整っている。おまけにハンドボール部での活躍ぶりで、野球やサッカーほどのメジャースポーツではないというのに校内や近隣女子校の間では人気も高く、試合のときには鈴なりの応援席から黄色い声がとぎれない。

「いてくれるだけでいいんだ。飲み食いに関しては、こっちで持つからさ」

きりっと男前の空滋を連れていけば女子受けがよく、客寄せパンダに持ってこいらしい。

しかし、空滋自身はてんで色恋沙汰《ざた》に興味がなかった。友人もそれを見越してのお誘いなのはわかっているが、合コンが目的ならばなおのこといきたくない。

「そう言われても、無理やし」

「なんでっ。無理とか言うなよ、頼むよ梶尾！」

「いや頼まれても無理。まだ、うちにおる犬がちいさいねん。面倒みてやらな、危ない」

「犬ぅ？　んなもんほっときゃいいじゃん」

小ばかにしたような声を出され、命の重さをなんだと思っているのかと、空滋はむっとした。

（あほか。合コンのほうが、『ほっときゃいいじゃん』やろが）

しつこい相手に内心うんざり顔をしかめつつも、空滋はできるだけ穏和な声をだした。

「俺の犬やないし。預かりもんやから、責任重いねん。ほしたらな」

話は終わった。空滋はひらひら手を振り、端からはまったく焦《あせ》りなど感じさせない長い歩幅で、うしろも見ずに帰途につく。

「ほしたらな、って……おい、ちょっと!」

「悪い、急ぐ」

ふられた級友は「つきあい悪い」とぼやいていたが、別の誰かが宥《なだ》めるような声をだすのが背後から聞こえてきた。

「無理言うなって。しょうがないだろ、梶尾んち、いま大変なんだから」

「え、大変ってなんで」

「あそこんち、お母さんいないだろ。おまけにオヤジさんが転勤になって大阪《おおさか》に戻っちゃったから、親戚《しんせき》の家かなんかに居候《いそうろう》して、家の手伝いさせられてるらしい。犬もそれでじゃん?」

「うえ、なにそれ」

気の毒、という声が聞こえたが、べつに同情されるいわれはない。外野の声はどうでもいい。いまの空滋はひたすら、目的地に向けて進むのみだ。

「うわ、あかん。まにあわへんかも」

腕時計を確認して、これは走らねばならぬと思う。学生服でダッシュをする精悍《せいかん》な顔立ちの青年は、ひどく真剣なまなざしをしている。道行くひとはその迫力に、いったい何事かと目を瞠《みは》るけれど、かまっている余裕などない。

時刻は四時四十四分、最寄りのスーパーマーケット『ひなげや』でのタイムサービスまで、あと十六分しか余裕がないのだ。

（今日は肉の特売日っ。ついでにトイレットペーパーも、マツキヨ寄って大量買いや）

飛びこんだひなげやで、主婦に混じって毎度のタイムサービス争いをする際に、空滋のルックスと長身、そしてひと好きのする関西弁はかなり有効だ。

「おばちゃん、この肉譲って！」

「あらあ、くーちゃん。また買いだし？」

この界隈《かいわい》は結構なお金持ちの住まう住宅街で、しかしそれだけに古くからの住人も多い。三年前、空滋がこちらに住みだしてから、世間的に言われる高級住宅地のイメージとは裏腹に、案外人情的なつきあいも残っているのだと知った。

「しょうがないわね、くーちゃんなら譲るわ」

「ほんま？　おおきに」

「ああ、くーちゃん。あっちでジャガイモのサービスもあったわよ」

「ありがとう」

息子か孫のような年齢の、ちょっと見目よい青年が『今日は白菜が安いかな』と本気で眉を寄せて考えこむ姿は微笑《ほほえ》ましいらしく、同じ主婦相手では絶対譲らない特売品も、空滋相手にはあっさり道をあけてくれる。

（んー、今日はもう何人かくるかもしれんし……多めにいっとこ）

ごっそり掴《つか》んだ安い牛挽肉《ぎゅうひきにく》は、同居犬である海《カイ》のため、そしてあっさりしたささみとちょっと高級なしゃぶしゃぶ用豚肉は、偏食のひどい同居人用。

肘《ひじ》に引っかけた黄色いカゴにどさばさとそれをつめこんでも、部活で鍛えた空滋の腕はびくともしない。そこにジャガイモ一キロセットの激安袋をさらに加えて、黄色いカゴはふたつに増えた。

レジに向かうと、新人らしいバイトの女の子がぎょっと目を剥《む》いた。

たしかに男子高校生にこのあまりにも生活臭あふれる買い物は似あわないだろうと空滋も思うが、必要なのは事実だから、ひとの目など気にしない。

そのうちレジの彼女も慣れるだろう、なにしろ空滋は常連だ。

「うっし、次はトイレットペーパー」

このところ部活の帰りが遅かったから、いろいろと買いだしをしておかねばならない。土日を使えばもうすこし楽だが、特売は平日のほうがチャンスが多いのだ。ひなげやをでて、総重量五キロ近い荷物を軽々片手に抱えた空滋は、馴染《なじ》みのドラッグストアへと足を運ぼうとして、ポケットにいれたままの携帯が振動するのに気がついた。

「あー……」

フラップを開けば案の定、同居人からのヘルプコール。情けない顔文字つきの一文は『くーちゃん、おなかすいた』という、空滋にとって無視できないものであり。

「……しゃあないなあ」

ため息をつき、マツキヨは明日だと、空滋はきびすを返したのだ。

＊　＊　＊

玄関の扉を開けるなり、足音が聞こえた。『ちたとてち』とでも表現したいようなそれは、ごく軽く愛らしい。

短い真っ黒なしっぽをちぎれんばかりに振っているのは、ヨークシャーテリアのオス犬だ。歩いたり走ったりするたびフローリングの床に彼のちいさな爪《つめ》が当たり、なんともコミカルな音がするのを空滋はこっそり気にいっている。

「おう、海。お迎えごくろうさんな」

二キロに満たない小型犬をひょいと抱きあげる空滋の大きな手は、海の胴体を片手で掴んでもあまるほどだ。

もともと家犬用の犬種ではあるが、海はヨーキーとしても個体として相当にちいさく、一歳半になったというのに平均体重の半分くらいしか育たなかった。

理由は簡単、偏食のせいだ。そしてそれは、海の飼い主に酷似したせいだろうと空滋は思っている。

「おい、光樹《みつき》。生きとるか？」

「くうちゃぁあん……」

片手に買い物袋、もう片手には海を抱えた空滋が長い脚を進めてリビングへと入ると、世にも情けない声が聞こえた。ぐるりと二十畳はあるその空間を見回し、部屋の片隅に転がっているものを認めたとたん、空滋は情けないため息をつく。

ベランダ手前のサッシ窓には、長めのトレーナーのなかに曲げた膝《ひざ》を押しこめた、小柄な少年がよりかかっており、奇妙なだるまの置物のようにころころと転がっている。

「おなかすいたぁ……」

「知っとる。メールで見た」

か細い声で訴えた藤代《ふじしろ》光樹――本来の飼い主に向かって、腕のなかの海がばたばたと前足を泳がせた。

空滋が軽くかがんでちいさな犬を解放すると、また『ちたとととっ』と音をたてて海はかけていき、光樹の腕のなかに飛びこんでいく。

「冷蔵庫のなかになんぞあるやろ。また食うてへんのか？」

ない、とこっくりした光樹にあきれかえりつつ、制服の上着を脱いだ空滋は、手早くエプロンを身につける。

「また低血糖起こすぞ。作り置きのスープとサンドイッチ、用意しとったやろ」

「冷たいのイヤ」

「おまえがそう言うから、ちゃんとホットのツナサンドにしたやろが」

レンジやオーブントースターにいれて五分の手間がなぜできない。空滋があきれると、光樹はむすっと口を尖《とが》らせた。

「チンすると硬くなるからイヤ。できたての食べたい」

「わがまま……」

ため息をついた空滋はいつもの習慣どおり夕方のニュースを見るためテレビをつけ、報道番組をBGMにまな板を洗い、食材を刻んだ。

自分と同じ十七歳であることも信じがたいが、それ以上に信じがたいことがある。

『――若い女性に大人気の「ライフライン」ですが、ニューアルバムは十月十日発売。先行予約者へのイベントライブは抽選となっており、特にプレミアグッズが配布となる渋谷《しぶや》のＣＤショップでは、本日すさまじい人混みに、一時は大混乱だった模様です』

テレビは芸能コーナーに変わり、若手のキャスターがにっこり笑いで紹介した画面の背後、ＣＤ用の宣伝写真が大写しになる。四人並んだＪポップアーティストグループのどまんなかでは、光樹のすました顔が大写しになっていた。

「アイドルさま。なんやらＣＭに映っとるけど、またＣＤ出たんか」

「……んー」

ふだんならアイドル呼ばわりされると不機嫌になるというのに、コメントもなく気のない声を出した幼馴染みは、海のちいさな前足を握って「犬ダンス」などとばかな遊びをしている。

（コレとアレが同一人物、か）

光樹はいまをときめく『ライフライン』のメインボーカルだ。メンバー四人とも抜群の歌唱力と卓越したダンスのセンス、そしてルックスで、ここ数年のチャートでは出せば必ずトップセラーになる。

なかでもセンターに位置する光樹は一番人気で、クールでミステリアスな美少年、というキャラクターが売りだ。

大写しになったＣＤ用ポスター、そのなかの光樹はたしかにきれいだ。

ややちいさめだが通った鼻梁、アーモンド型の大きな二重《ふたえ》の瞳にぽってり赤くふわふわした唇が、実に絶妙なバランスで配置され、すこし生意気そうな笑みを浮かべているのが実に似合う。

だが、いったいどこがミステリアスなのだと、だぶだぶのトレーナーを着た幼馴染みを眺めながら空滋は思う。

「うにゃっ、海ぃ、鼻の穴はやめて。粘膜弱いの」

妙な悲鳴に空滋が振り返ると、光樹は置物状態のまま床に転がって、海に鼻面を舐《な》めまわされていた。

さきほど無理やりダンスを踊らせたせいで、海はちょっと興奮状態らしく、世間が愛《め》でる美貌《びぼう》をがっしり踏みつけ、容赦《ようしゃ》なくべろべろと攻撃している。

テレビに映ったすまし顔のアーティストと、うにゃうにゃと犬に顔を舐めまわされているあの生き物とが、同じものだとは思えない。

「アホ言うてんと、海のメシくらい用意したれ、飼い主」

「あげたよお」

「よう見てみ。エサ皿、空になっとる」

空滋が指摘すると「あ、ほんとだ」とつぶやいた光樹は、床に置かれた皿に向けて這《は》ったまま進んだ。隣をぴょこぴょこと跳ねながらついて歩く海とまるっきり同じ体勢になっていて、空滋はため息が出てしまう。

たしかに顔の作りはテレビのなかの彼とまったく同じだ。

さらさらの茶色い髪は手入れが行き届いていて、いまは夕刻の光にオレンジに輝いている。見た目だけは極上、けれどゆるみきったその表情は、いっそ間抜けなほどに幼かった。

(コレが藤代光樹や言うても、信じひんやつもおるやろなあ)

テレビからは、またニューアルバムのＣＭが流れた。今度はライブで歌い踊る光樹の、汗に光る半裸の身体が映しだされている。

涼やかな表情で首を振る彼はたしかに美形と言えるだろう。なんとかいう女性誌では、三年連続『抱きたい男ナンバーワン』――そもそもその頭の痛いランキングはなんなんだと空滋は思うのだが――になったらしい。

幼馴染みとしての感想はともかく、世間での光樹は、儚《はかな》げで守ってあげたい美少年として認識されているのは事実だ。

犬と戯《たわむ》れるトレーナーだるまを肩越しに眺め、空滋はそっとため息をつく。

(まあたしかに、放っておいたらどうなるかわからんな)

十七歳という年齢からみても、光樹の言動は異様に幼く感じられる。

むろんそれが、この部屋で、それも空滋の前だけでという前提のもとにさらされる素の顔だとわかっていても、ときどきとても、頭が痛い。

光樹はふたり暮らしのマンションのなかでは遺憾《いかん》なく幼児のようなあまったれぶりを発揮して、空滋はまるでお母さんだとほかのメンバーにも揶揄《やゆ》される始末なのだ。

なにしろ光樹は生活能力が崩壊している。掃除洗濯ができないとかいうレベルでなく、放っておくと食事もしない。ちいさなころから放任されまくってきたせいらしく、生活の基本が壊れているのだ。

そのためか光樹は空滋に対してあまえまくる。光樹が欲しい欲しいとわめいて飼いはじめたヨーキーの海も、結果面倒をみているのは空滋だ。

だが性格的にわがままな面はなく、ほとんど子どもの駄々と変わりはないので空滋もべつに気にしない。光樹の面倒をみる代わりに、生活場所を得ている部分もあることは重々承知しているし、それも自分の選択だと割りきっている。

「今日の仕事の入り、何時やねん」

「うー……八時から青山《あおやま》で取材……んで、そのあとカメリハ……」

海に鼻のなかまで舐められたせいか、派手なくしゃみをした光樹がしょぼしょぼと答える。その情けない顔に、空滋はまたため息した。

「したら、食ってちょっと寝て、その顔なんとかせえ」

ざくざくとした手つきは荒く見えるが、仕あがりは均等に切られた野菜と肉とを炒《いた》め、ものの十分程度で中華ふうの野菜炒めは完成する。

同時に作っていたのはトウモロコシと卵の、これも中華ふうスープ。合間に海のために挽肉を茹《ゆ》でて冷まし、ドッグフードに混ぜて皿に盛る。

それからささみを蒸して裂き、細切りにした野菜を添えてごまだれをかけ、冷凍シーフードとブロッコリーを炒めて塩あんかけに仕あげる。

タイマーでセットしておいた白飯が炊きあがり、あっという間に食卓は整った。

「光樹、メシ！」

「はぁあい。ありがとう、くーちゃん大好き」

光樹がじゃれついていた海を抱えて立ちあがる。本来空滋のものであるビッグサイズのトレーナーは、光樹の華奢《きゃしゃ》で小柄な身体にはまるでワンピースのようだ。

子どもが無理に大人の服を着たような印象に笑ってしまいそうになりつつ、「ええから早《は》よ手ぇ洗え」とお母さんじみた小言を言った。

おとなしく手を洗い、食卓テーブルについた光樹は「いただきます」と手をあわせる。

空滋は調理に使った鍋を洗いながら、黙ってうなずいた。

「ところでさ……くーちゃん、これずいぶん多くない？」

よそわれた茶碗《ちゃわん》を手にした光樹は、大皿に盛られた野菜炒めのあまりの大量さに目をまるくしている。

「ええねん。それで」

「だって俺、こんなに食べきれない」

「だから、……ああ、やっぱきた」

怪訝《けげん》そうな声を発する彼に空滋が答えるより早く、玄関ではチャイムの音が鳴り響く。気づいてむっと顔をしかめた光樹には取りあわず、空滋はさっさと立ちあがってそちらに向かった。

「ういーっす、くーちゃん。腹減った！」

「俺も俺も。なんか食わせて」

帽子やサングラスで顔を隠した三人の青年が、わらわらと玄関からあがりこんでくる。そのうしろから現れた、いかにもキャリアウーマンふう眼鏡をかけた女性に向けて、空滋は「用意できてますよ」とうなずいてみせた。

「いつも悪いわね、梶尾くん」

「毎度ですし。スケジュール的に言って、今日はみんなくるやろなと思ってたから」

そつなく微笑んでみせる彼女は花岡《はなおか》ひろみ、光樹が所属する事務所のマネージャーだ。

そしてめいめい勝手なことを言いながらリビングへ向かったのは、光樹と同じグループに所属する面子《メンツ》だった。

「あっ、なんでくるんだよ天《てん》ちゃん！　朝陽《あさひ》も！」

「おまえひとり、くーちゃんのメシの恩恵を受けようったってあまいんだよ」

「うう、家庭料理……白いご飯……」

クールに切りかえしたのは小野塚《おのづか》天《たかし》、二十歳《はたち》にしても破格に落ち着いた雰囲気を持った柔和な美形だ。光樹の抗議など目もくれず、勝手に「マイ茶碗」を取りだして大量にご飯を盛りつけているのが、光樹や空滋と同い年の十七歳、森丘《もりおか》朝陽。

「……ライフラインの『アサヒ』が、そんなんでええんかいや」

「成長期ですからっ」

あきれた空滋の声に、「てへっ」とばかりに笑ってみせる。出会った当時は光樹と同じ程度に小柄だったけれど、最近では空滋に張るほどに背が高くなり、そのせいなのか実によく食べてくれる彼は、やんちゃな弟キャラで人気の成長株だ。

「ちょっと、朝陽！　梶尾くんにお礼くらい言いなさいっ」

「ありがとうございました、いただいてます。ごちそうさまでした」

なぜかすべて過去形でざっくりまとめて言ってのけた朝陽は、すらりとした姿に似あわず大食漢だ。自分で勝手に大盛りにした茶碗を片手にもりもりと野菜炒めを口に放りこんでいく。

「なんでそう、食い意地張ってるのっ」

「朝から仕事で食べる暇なかったせいでしょ。しっかし、……あいつらケモノと化してるね。悪いな、くーちゃん」

「いえ。春《はる》さんも早よ、行ってください。のうなりますよ」

あきれ顔のマネージャーの横から、おっとりと告げたのがこのグループのリーダー、水《み》地《ず》春久《ちはるひさ》だ。ひとりだけ二十五歳と年齢が高いが、精神面では年齢以上の落ち着きがある。

とりあえず常識人の春久とマネージャーにも席をすすめると、給仕をする空滋に彼らはひたすら頭をさげた。

「事務所から近いからって、すっかり合宿所だよね、ここ」

「ごめんね梶尾くん。光樹だけじゃなく、こいつらまで」

「まあ……もともとその条件で、俺もいさせてもろてますし」

会話をする合間にも、主に朝陽のおかげで五合炊いた白飯と皿のうえの料理はどんどんなくなっていく。まるでディスポーザーかのようなさまを、空滋はいつものようにそっけなくさえ見える顔で眺めたのち、問いかけた。

「足りひんやったら、なんか作る？」

「食う！」

速攻で返事をして手を挙げたのは、やはり朝陽だった。口元の飯粒に苦笑しながら、空滋はもう一度冷蔵庫を覗《のぞ》きこみ、適当な野菜を取りだす。

（あ、これ海の肉……）

一緒に炒めるための挽肉は実のところ、がっつくように茶碗の中身をかきこむ朝陽の足下にいる犬用の安いものだが、言わなければわかるまい。

（ま、もとは人間用やし、ええやろ）

小振りな器の中身をちまちまと食べる偏食犬は、朝陽の爪先でちいさな胴体をつつかれつつ、なんとか手のひら半分ほど、茹でた挽肉混じりのドッグフードを完食したようだ。

「よぉし、海。えらいぞ」

誉《ほ》めてと飛んできた犬を足先であしらいつつ、空滋はフライパンを火にかける。そこでちらりと幼馴染みを見れば、行儀悪く箸《はし》のさきで料理をつつきまわしていた。

「海はごちそうさんしたぞ。光樹もちゃんと食え」

小言を告げると、光樹は恨みがましい顔で「ブロッコリー嫌い」とうめいた。

「好き嫌いは聞きません」

「海はあまやかすくせに！　挽肉混ぜたくせに！」

「海の飯はちゃんとカロリー計算しとる。その犬より手ぇかかるくせに、文句言うな」

きっぱり告げる空滋のうなじに、光樹の拗《す》ねた視線が突き刺さる。無言の抗議を、空滋はこれもきれいに無視させてもらった。

「おまえに飯食わすんも、俺の仕事やし。業務妨害すんな」

言葉のとおり、現在の空滋はこのマンションの家賃や管理費とは別途に、光樹の事務所からお手当までをいただいている。

むろん、今日のように大挙してメンバーが食事をたかりにくる場合もあるが、その場合の食費は後日精算されるかたちとなっている。

そして空滋の役目は食生活の面倒のみならず、スケジュールから給与の管理を含め、光樹の『すべてにおいて』の管理だ。

そもそも空滋がごく普通の学生の身分から一転、ハウスキーパー兼世話係という役目を任じられたのは、いまから三年前のこと。

母親を早くに亡くした空滋は、幼いころから父とふたり暮らしをしていた。

だが中学を卒業する直前、その父が大阪へと転勤になることになった。部下が起こした業務上の失敗に責任をとる形での左遷だったが、もともと生まれ育った土地に帰りたがっていた父にとっては朗報だったようだ。

だが、そこで父について大阪に移らず、幼馴染みだった光樹と同居するかという話になったのは、せっかく受かった高校を転校したくなかったことと、光樹の事務所に泣いて引きとめられたからだ。

——お願い。お父様はひとりでも暮らしていけるでしょうけど、光樹はひとりじゃ無理なのよ！

いつでもスキなくスーツを着こなしているひろみが、なりふりかまわずきれいな髪を乱して何度も頭をさげ、空滋は正直閉口した。

——そんなことせんでも、ちゃんと面倒みますから。

父親と光樹とどちらが放っておけないかなど、空滋とてわかりきっていたし、一瞬でも迷うことはなかった。なにより、そのときの光樹の態度が気になったのだ。

大阪に移るかもしれないという話を空滋がしたとき、いつものようにあまったれたりはしなかった。ただちいさな、奇妙なほど冷静な声で、こう言っただけだ。

——俺、くーちゃんがしたいようにするといいと思う。俺のせいで、無理してほしくない。我慢もしないで、好きにしてほしい。

泣きも笑いもしない、いつもブラウン管の向こうから見せるような顔で光樹が「平気だ」と言った瞬間、空滋はこう答えていた。

――したいようにするんやな？　そしたら、残る。

本当につらかったり大変だったり、そういうときに限って光樹はなにも言わなくなる。だから空滋がちゃんとさき回りして、彼の気持ちを見つけてやらなければならないのだ。

光樹と空滋は小学校が同じで、ずっと仲良しだった。しょっちゅう仕事で学校を抜ける光樹はほかに友人らしい相手もおらず、また幼いころ関西から転校してきた空滋もすこしばかり学校のなかで浮いていて、はぐれもの同士つきあうようになってすでに十年。

仕事のうえでは大人顔負けのバイタリティと冷静さをみせる光樹が、子どものままの素顔でいるのは空滋のまえだけで、幼少のころからおそろしくきれいな小柄な友人を、空滋もずっと大事にしてきた。

空滋とて未成年だ。同い年の友人の保護者代わりになるなど、通常では信じられない事態ではあるけれど、光樹自体の生活能力がどうしようもないうえに、彼にはその代理を担ってくれる家族がいない。

といっても光樹の両親は健在なのだが、彼らはひとり息子以上に忙しいのだ。

父親は著名な俳優であり、母親はポップアーティストとして名を馳《は》せた人物。

おまけに光樹自身も物心つく前から芸能事務所に所属していて、そのためほとんど藤代家の人間は一緒に生活したことがない。お互いに用があるときは代理人を通してのやりとりをするのだそうだ。

長じてからは、芸能界でも有名な仮面夫婦で、双方に愛人がいるらしいことをゴシップ記事などで知った。

空滋自身、同じ学校に通っていた間、保護者参観や運動会などのイベントで、光樹の親を見かけた覚えは一度もない。光樹も親のことなど、ほとんど口にしない。

ただ一度、父親が愛人に暴露本を出され、派手なスキャンダルを起こしたとき、パパラッチにつけまわされた光樹は皮肉な顔で笑っていた。

――問題さえ起こさなきゃ、それでいいっつってたくせに。

自分が問題起こしてりゃ、世話ないよね。歪《ゆが》んだ顔をした幼馴染みの手をずっと握っていること以外、空滋にはなにもできなかった。

(ほっとかれへんやろ、こいつ)

物心ついてから、ずっと空滋はそう思って、光樹を護《まも》ってきた。

父もまたずいぶんなあまったれで、生活能力のなさは光樹とどっこい。正直不安はあったが、いい歳をして息子に面倒をみられるのは情けない、自立しろと蹴《け》りだした。

——いつまでも死んだおかんに未練がましゅうしとらんと、大阪でええひと見つけぇ！

それこそ母親譲りだと父が涙する男気あふれる啖呵《たんか》を切れば、べそべそした三十男はひとり大阪に向かい、空滋は光樹共々、このマンションに越してきた。

同居するまえ、というよりも小学校の高学年から、光樹はひとり暮らしのマンション生活を非常に嫌がっていた。

そのため、仕事の合間に帰る場所と言えばほとんど空滋の住まうアパートだったし、場所が変わっただけで、生活のリズムはなんら変化はない。

もともと、ちょっとどころでなく頼りない父親のおかげで家事全般は小学校一年生から空滋の役目だった。そこに弟分が加わったことでますます彼の性格は老成した。

——俺のほかに、コレの面倒みれるやつ、おらんやろ。

空滋の、齢《よわい》十七にして誰かの面倒を生活まるごと含めてみてしまえる度量の広さ、堅実さと真面目さは、ひろみからのお墨付きだが、事務所が光樹を任せる際に、もっとも高ポイントをつけたのは空滋の料理の腕だった。

食が細くアレルギーの気がある子どもの食事は、実の親でも大変なものだが、それをあたりまえとしてこなしてきた空滋は、免許こそないけれども栄養士なみの知識と技術を持っている。

そしていまでは、空滋の料理に味を占めたメンバーまでもがおこぼれに与《あず》かろうと、このマンションにいり浸《びた》るようになり、事務所的にはライフラインメンバーにオフのときでも目端が届いて大満足、という結果になっていた。

「あああ……ほんっとにおいしいわ、梶尾くんのご飯」

「なんでひろみさんまで食ってんの」

涙目になりつつ箸を噛《か》んでうめいた三十二歳独身女性に、朝陽はあきれたような目を向ける。だがさらに『おまえが言うな』と光樹が目を尖らせたことで、彼の言葉はそれ以上は続かなかった。

「まあまあ。くーちゃん独り占めできなくて腹立つのはわかるけど、そうつんけんしない」

「春くん……」

拗ねた光樹に対して、のんびり口が開けるのはリーダーの春久だけだ。さほど派手な美形ではないけれど端整な顔で、いかにも穏和に笑いかけられると、大抵の人間は怒りきれない。

「まあでも、俺らも悪いとは思ってるよ。光樹のみならず、こんなのの胃袋の面倒までみさせて」

「天くん！　こんなのってなに！」

　空滋の作った食事の半分以上を平らげた朝陽の後頭部を、顔に似あわぬ乱雑さで叩《たた》きながら詫《わ》びたのは、サブリーダーでもある天だ。

「最初からわかってれば、作る手間は変わらんし、べつにかまへん。今日あたりはみんな揃《そろ》う日ィやから、くるかなあ思ってたし」

　それは事実なのであっさり返すと、しみじみと感心したのは春久とひろみ、そして天だ。

「大人だ……くーちゃん」

「苦労人は言うことが違うなあ」

「それ、春さんには言われたないんですが」

　だから言うのさと、下積み生活の長いリーダーににやっと笑われ、空滋も苦笑する。

「きみのその懐深《ふところ》さって、半端じゃないよ。真面目に感心する」

　にっこり微笑みそう告げた春久はハンサムで、抜群の歌唱力を持っている。

　しかし端整すぎてアクがない顔立ちは時流にあわず、性格もやや地味めのキャラのおかげで、アイドル予備軍として売れずにいた。光樹の参入でメジャーデビューするまでは、本当に鳴かず飛ばずで、高校卒業後は一度一般企業に就職するなどの経歴を持っている。

そんな過去が彼を堅実にさせるのだろう、ただのアイドルで終わってはまずいと、作曲や作詞に関わり『脱アイドル』を目指している彼の地道な努力や、苦労したからこその落ち着きは、空滋も非常に尊敬している。それだけに、誉められるとどうも面はゆい。

「すこしは見習え、朝陽」

「うっさいなあ。俺はいいの、弟系キャラなんだから。くーちゃんが規格外なんだよっ」

ほんとに同い年かと、しょっちゅうそのやんちゃさを叱《しか》られる朝陽はうろんな目をしてみせたけれど、取りあわずに空滋は光樹へと声をかけた。

「……ほれ、光樹。寝るんやろ」

「んん」

食べている途中から、だんだん光樹の口数が減っているのには気づいていた。いつもの席に座り、プーアル茶の入ったマグカップを両手で抱えた光樹は、もう半分目が開いていない。

「こっちこい」

「ん……」

手を差しだした空滋に生返事をしてぺったり抱きついてくる光樹の、幼児のような仕種《しぐさ》

にあきれたような顔をするものは誰もいない。

そして平然としたままの空滋が、くんにゃりした体温の高い身体を抱えあげ、ベッドに運ぶ合間にも、揶揄の声など飛んでこない。

ただ海だけが、大きな耳を立てたまま飛んできて、空滋のあとをついてくる。

「……ついててあげて。昨日までたぶん、二週間近くまともに寝てないから」

「はい」

そっと声をかけてきたのは春久だ。ここ二週間、光樹は新作キャンペーンのため地方を回らされていて、この部屋に帰ってきたのも朝方になってからだった。

（軽なったたな、また）

眉をひそめて空滋は思う。もうしばらくは家にいられるはずだから、またせっせと食べさせよう。

ベッドに寝かせると、光樹がぎゅっとしがみついてきた。光樹の細い身体にはずいぶん大きなサイズのベッドに滑りこみ、慣れた仕種で子どもを寝かしつけるようにぽんぽんとその薄い肩を叩いた。

実のところこのマンションには、寝室はひとつしかない。ベッドのサイズがばかでかいのも、空滋の体格に合わせ、そして光樹が隣に寝られるようにとの配慮からだ。

ふたつあったところで完全に無駄なのは、いまではこの部屋に集う全員が知っている。

隣接したリビングからは、少しひそめた声が聞こえてきた。

「光樹、やっぱりホテルじゃ寝られなかったみたい？」

空滋らが部屋を辞してから少しの間をおいて、問いかけたのはひろみだ。心配げなそれに対し、ため息混じりに答えた春久の声にも、少し苦いものが滲《にじ》む。

「本人はそうは言わないけどね。同じ部屋で何度も寝返り打ってればすぐわかる」

それでもマシになったよと、春久はあえてなんでもないことのように笑ってみせている。

「くーちゃんのおかげだよなあ。ここ二年、いいとこ寝不足で済んでるだろ」

「だな……昔はしょっちゅう、入院沙汰だったし」

ふうっとため息をついたのは天のようだ。

彼らの言葉どおり、光樹は幼いころからの芸能生活のしわ寄せか、極度のストレス障害があった。摂食障害と睡眠障害を起こすのだ。

何日間も食べられず寝られず、しかも本人自覚はなく、気がつくと栄養失調で倒れる。無理に食べさせると吐く。それがつらいと思っていないため、事態は厄介だった。

当初は過密な仕事のせいかと思われていたが、キーマンなのが空滋であると気づいたのは、ひろみだった。光樹は数日間のことであればまだしも、一カ月も空滋と離れるとてきめんに体調を崩す。逆にどれほど忙しい時期でも空滋さえいれば、不思議とそのストレス障害は起こらない。

――寝るときとか食べるとき、一日に一回か……数日に一回でいいの。梶尾くんが傍《そば》にいると、あの子ちゃんとするのよ。

過去の数回の入院時期と照らしあわせれば、それは明白だった。

ひろみの説は立証され、おかげでいまではすっかり事務所の面子にも光樹の親代わりというか、精神安定剤として空滋は認定されている。

――ふだんは、大人より大人っぽい子なんだけどねえ。

苦笑するひろみはそう言うけれど、空滋はそんな光樹を知らない。ぼんやりして、だだを捏《こ》ねて、おなかがすいたと訴える光樹しか知らない。

ただ、小さなころからプロ意識だけは強くて、どんなに具合が悪くても仕事に穴を空けたことがないのは知っている。

そしてテレビでの彼が、ふだんとまるで違う顔をすることも。

光樹はとにかくオープンに空滋を好きで、メンバーがいようと誰がいようと、部屋のなかであれば子どものように空滋に抱きつき、膝枕《ひざまくら》で眠りこむ。

最初は仕事中とのギャップにぎょっとしたメンバーらだが、あまりに自然にやらかしているおかげで次第に慣れてしまったようで、いまでは誰もが『あたりまえ』のことだと考えている。

——たぶん、くーちゃんと一緒なら素のままでいられるっていうすりこみがあんだな。

そう分析したのは春久だ。くーちゃん、というのは幼いころから光樹が呼んでいる空滋のあだ名であるが、メンバー全員料理上手の空滋の恩恵に与かっているおかげか、いまでは皆、呼び名まで同じになっている。

グループが結成されてすでに五年、正式にデビューしてからは三年。

こうした芸能グループは表面上仲間をよそおっていても、あくまで仕事の関係のみで、オフのつきあいはないことも多いらしい。けれど、子役時代からそれぞれ面識のあったラインは、お互いかなり近しい間柄にある。

というよりも、その中心メンバーである光樹のために、彼を取り巻く面子を選出する際、人間関係でこじれないようにという配慮で選ばれた部分もあるのだ。それもこれも、長年マネージャーをやってくれているひろみの手配だった。

「光樹あっての俺たちだしね」

「その光樹は、くーちゃんあって、だろ」

天や朝陽は軽い口調ながら、思いやってくれていることがたしかにわかる。そっと口元だけで微笑みながら、くうくうと穏やかな寝息を繰り返す光樹の肩をまたそっと叩いて、空滋は胸のなかでつぶやいた。

(よかったな、光樹。ええひとばっか、集めてもろて)

ひろみさんに感謝せえよと思いながら、さらさらの髪を撫《な》でてやる。

こうして近くでよく見れば、光樹の目のしたのくまもかなりひどく、触れた頬《ほお》は少し荒れていて、空滋はせつなくなる。

ベッドのしたでは飼い主の眠りを見守るように、海がじっとお座りをして見あげている。そっと長い腕を伸ばし「よしよし」と手つきで誉めてやると、声もたてずに忠犬はまるくなった。

(いつまで……こうしとらんと、寝られんのやろなあ)

哀れにも、少しだけうしろ暗い喜びも感じつつ、空滋はそっとため息をついた。

高校生でハウスキーパー。奇妙な二重生活であるけれど、ちいさなころから光樹の避難場所であり続けた空滋には、単にそこに金銭の報酬が付加されただけのことで、なんの面倒も問題もない。

それに、じっさい環境にも恵まれている。

「しっかしくーちゃんも本気でえらいよ。あれで国立大狙《ねら》える成績も落としてないし、ハンドボールのほうも区大会までいったんだろ?」

「ありえねえ……俺にはできねえ」

「そもそもおまえには無理だよ」

春久のしみじみした声に朝陽がうめき、天がそれを冷たく叩き落としている。他愛もない会話に、ごく自然に自分の名前が出てくることがときどき不思議だ。

(あのひとらも、芸能人やのになあ)

光樹だけではなく、自分のことも普通の友人のように扱ってくれるのはありがたい。これでじっさい彼らが、いかにも下働きのスタッフのように空滋を見ていたなら、すこしはきつかったと思うのだ。

(まあ、そんなんでも、べつにええけど)

だが周囲がどれほど空滋を邪険にしたところで、このスタンスは変わらなかっただろう。他人の思惑や視線など、光樹がすこやかに食べ、眠ることに較《くら》べたら、どうでもいい。

「ああでも大学行っちゃうのかしら……高校でたらうちにってわけにいかないかなあ」

ひろみがぼやいたとおり、ゆくゆくは事務所のスタッフにならないかも言われているが、そのあたりはどうしようかな、というところである。

とりあえず大学にはいくつもりだが、得意なことを生かせる料理屋などやってもいいかなとも考えている。

　だが、それは光樹には内緒だった。

「正式スタッフ、いいと思うんだよね。ツアーとかもついてきてもらえるし」

「おーい……くーちゃんの将来勝手に決めんなよ」

　妙案だとうなずく朝陽をあきれたようにたしなめる天に、だってとひろみが食いついた。

「光樹のことだけでなく、人材として惜しいのよ。……ああでも、梶尾くんのあのルックスも惜しいのよねえ。ちょっと無愛想なんだけど、ワイルドで出し惜しみ感のある笑顔もいいわ」

　しみじみ告げるひろみに、天があきれた声をだす。

「出し惜しみ感ってひろみさん……その話まだ言うの？」

「わかってるわよ、もう何年も前にふられてるわよっ。全然その気ないのに無理強いしないわよ」

　この場合のふられた、というのはむろん色恋に関してではない。空滋の長身と顔立ちに目をつけた彼女が、モデルからはじめて俳優になってはどうか、と結構しつこく誘ってくれたのだ。

　むろん言下に空滋は断ったが、彼女はまだ未練があるらしい。

「とにかく、彼には彼の考えがあるだろうし。それに……いつまでも光樹のおもり、させとくわけにいかないだろ？　第一、俺らだっていつまでやってけるか――」

途中で切られた、苦いものの含まれた天の言葉に、全員が黙りこむ。

長引く不況にテレビ業界も昔ほど元気がなくなり、そこにくわえて韓国スターたちの人気や、大手事務所の仕事の占有。

ライフラインのような、中堅事務所の男性グループは、本当に寿命が短い。

正直いって、春久だけではなくメンバーそれぞれが、光樹というスターのおかげでグループの人気が保っているのは重々承知のことだと、空滋も聞き及んでいた。

沈黙を破ったのは、これも春久だ。

「俺はそうならないように、考えてるつもりだから。あんまり変に暗く考えんなよ」

「春くん……」

「こんな仕事だからって、悲観するばっかりじゃないさ。生き残るために、なにをするかだろ？　ソロの仕事だって、それぞれがんばっていけばいい。光樹の人気にかぶさるだけじゃなく、俺らがしっかりすればいいことだよ」

穏和でやさしい声で、力強い言葉を告げた春久に、空滋は内心感謝する。

春久らには、学業やスポーツまでマルチにこなす空滋は「えらい」と誉められるけれど、そのたびややうしろめたいのは、努力の根拠があまりにも勝手な感情から派生するものだからだ。

光樹は高校には通っていない。ちょうど受験前にライフラインの活動が活発になったことで、とても学業までこなす余裕がなかったのだ。

たぶん光樹はいまさら、普通の生活をおくれはしないだろうと空滋も思っている。根っからの芸能人であり、トップスターのひとりでもある彼にはああした華やかな場所が似あうと思うし、いつまでもそうして輝いていてほしいとも感じている。

だがその道が絶たれたとき、光樹はいったいどうするだろう。こんなにあまったれで細い身体で、どうやって生きていくのだろう。

誰かがちゃんと支えてやらなければ、きっと難しい。だから空滋は、なんでもできる男になろうと思ったのだ。

「……おまえのためになら、なんでもしたるから」

そっと、誰にも聞こえないほどの声でつぶやき、細い身体をゆっくり抱き寄せる。

光樹が深く眠ってからしか、こんなふうに空滋は触らない。絶対に、触れない。

顎《あご》をくすぐる髪から、くらくらしそうなあまいにおいを感じても、ふっくらした半開きの唇がどれほどやわらかそうであっても、空滋はそこに唇を触れさせない。

光樹が大事なのだ。それこそ自分の人生をこのまま捧げていいくらいに、若さ故の情動さえ、完全に押し殺せてしまうくらいに。

十七歳、多感な時期だ。空滋とて、きょうの合コンの誘いがいい例で、女の子にもてないわけでもない。つきあいは悪いしそっけないが、成績は優秀でスポーツもできる。長身で落ち着いた――やや落ち着きすぎのきらいはあるにせよ――性格は、好き嫌いはあれど案外好感度は高い。

その告白を、片っ端から空滋は断っていた。原因は言うまでもなく光樹で、それは彼との秘密の同居が問題なのではない。

ちいさなころからこのトップアイドルの顔を延々見てきた空滋は、自分の美的感覚が狂っている自覚はあった。この日、合コンをにおわされてもあっさり誘いを断ったのは、べつにストイックなわけでも、鈍いわけでもない。結果が目に見えているからだ。

結局、誰を見ても光樹以上にかわいいと思えないのだ。この感情がただの友情や保護欲だけでないことも、年齢を鑑《かんが》みれば過剰に大人びた青年は、早々に悟っていた。

そしてそれが、笑ってしまうほど絶望的に、望みのない片思いであることも。

(まあ、この状況で、よう寝るわな……)

意識されることもない――まあ男同士の幼馴染みであたりまえの話ではある――自分に

失笑とため息を漏《も》らすほかない。

(安心しきられて、いまさらどうせえと)

雑誌の三年連続抱きたい男ナンバーワンは、ほぼ毎晩空滋のベッドで寝る。もちろん空滋も一緒にだ。そうでなければ眠れないと言うし、ツアーやなにかで離れれば寝付くまで電話につきあったりもする。

たぶんそこらの彼氏彼女の関係よりもマメだと言ったのはこれも春久だった。

——まあ、俺も偏見なんかないしさ。おまえら微笑ましいし。そういうの、好きだよ。

春久はそんなふうに、「できてる」ことを前提としてあっさり言ってくれたりするが、そのたび空滋はあいまいに笑ってみせるしかない。

——ただ さ、ベタベタするのはいいんだけど、あんまりなまなましいところは見えないようにしてくれよ?

さすがに身の置き所がないのは困ると、そう忠告されはしたものの。

(なまなましい、ってなあ……)

そんなことを言われたところで、返す言葉もないのだ。じっさいのところ、空滋と光樹にはなにもない。あってはたぶんまずいと思うし、ぼうっとしているようで神経の細い光樹が、安心しきってくれる自分のスタンスを空滋は変えたくなかった。

というよりいまさら、どこで変えていいのやらさっぱりわからない。

セックスやキスを抜けば、それこそ春久の言うように『ベタベタ』な関係であるが故に、踏みだすタイミングを逸して長い。

気まぐれや一過性の欲情で、光樹を歪めるほうが怖い。意気地のない男のいいわけかもしれないが、できるものならとっくにそうしていた。

「んん……」

腕のなか、ころんと寝返りを打った光樹が、すり寄るように胸元へ頬を押しつけてくる。華奢なくせにやわらかい身体を抱きしめて、結局手も足もだせない自分を空滋は笑う。

（まあたまに、しんどいけど）

ムラムラする自分を抑えてやりすごす、それすらも日常だ。光樹を好きでいることに付随する苦さごと、空滋はぜんぶ飲みこんでいる。というよりもういまさら、なにをどうしていいのかわからないのもじっさいのところだ。

正直に言えば、抱きたいと思う。唇に齧《かじ》り付いて細い身体を撫で回し、できるなら性器に触れてしゃぶりついて、いった顔や声を知りたいとも思っているけれど、平然としたままやりすごすことも、とっくに覚えた。

なにしろ空滋の精通は、小学校五年。その夢にでてきた相手をしっかり抱きしめたままの夢精という、とんでもないものだ。

あげく十歳にして、濡《ぬ》れた下着に気づかれぬよう振る舞ってみせたとき、空滋の仮面は完全にできあがったともいえる。

二年後、同じように光樹がはじめての夢精をした折りには、泣いた幼馴染みを宥め、淡々と始末までしてやった。舐めんな、くそが。誰にともつかず内心つぶやきつつ、下着を洗ってきてやると言ったついでにトイレに駆けこみもした。

空滋の自制心は、そんな経緯《いきさつ》で培われ、自分でもあきれるほどに鉄壁のものとなっている。

というより正直、もう、どこからどこまでが我慢なのか、よくわからないのだ。

耐える自分はちょっとMなんじゃなかろうかと感じることすらあるけれど、脳内で炸裂《さくれつ》している光樹を相手にした妄想を検証するに、おそらくそちらの資質はないだろう。

(光樹が、幸せならそれでいい)

このまま静かに時が過ぎて、お互いに彼女ができ、光樹を任せられる人間がでたら、もう少しは距離を開いたつきあいになるだろう。

そのとき光樹に寄り添って眠るのが誰なのかと考えて、煮えるような思いをするのにももう慣れた。

一方的な感情を押しつけ光樹を苦しめるくらいなら、自分がぜんぶ飲みこんでおきたい。

家族的な愛着もせつない恋情も混沌《こんとん》として胸のなかにあり、いずれも同じ比重でいまの空滋を形成する要素になっている。それに対する忍耐と我慢をも織りこみ済みで、苦い痛みさえ心に根付いて切り離せない。

光樹を眠らせてちゃんとメシを食わせてやる。泣かせないし苦しめない。それができるならあとのことは、ぜんぶどうだっていいのだ。

そんなふうに、光樹は空滋のぜんぶだ。

光樹が、自分をどんなふうに思っているかなどと——まったく考えもつかないほどに、すべてだった。

(俺のこの精神状態も、ちぃとおかしいな)

寛容というよりも、境目がわからなくなっているのだろう。親よりも幼馴染みのほうが大事で、ことによると自分自身よりもずっと大事だ。どこか壊れているのかもしれない。

ふとおかしくなって、かすかに笑う。

漏れた吐息に、海がぴくんと耳をたて、小さな声で鳴く。ベッド脇《わき》を見下ろして、「しい」とたしなめる空滋のまなざしは、春久あたりが見ればまた冷やかしの種になるであろうあまさに満ちて、ヨーキーの口さえ閉ざさせた。

このまま静かに、穏やかに。それはかりを空滋は願ってやまないけれど、変化というものは突然に訪れ、前触れなどはない。

そしてどんなに老成していると言われても、自分自身がそう思っていても、所詮《しょせん》空滋も十七歳の子どもでしかない。

現状維持を望む心がどれほどに強くとも、抗えないなにかがあることなど、彼にはやはり予想できないことだった。

＊　＊　＊

一カ月が経過したある日の午後、帰宅した空滋は、マンションのまえにいかにもうさんくさい風体の男がいるのに気がついた。よれたスーツにノーネクタイ。一見は暇そうなサラリーマンにも見えるが、手にはカメラを持っていて、やたらに目つきが鋭い。

（うわ、パパラッチか）

長年の経験から、おそらくは光樹のプライベートをかぎ回っている記者かなにかだとすぐに気づいた空滋は、素知らぬふりで通りすぎようとした。

だが残念ながら、地味とも小柄とも言いがたい体格のおかげか、すぐに気づかれてしまったらしい。

「あ、ねえ、ちょっといいかな。俺、こういうものなんだけど」

「……なんでしょうか」

相手はいそいそと空滋に寄ってきて、フリーライターという肩書きの名刺をよこしたあと、案の定のことを問いかけてきた。

「きみ、ここらへんの子？　藤代光樹、見たことない？」

「テレビで見てますけど」

「違う、違う。このへんで見かけたことないかな？　どうやら、ここに通ってるらしいんだけど」

「……通う？」

「週に何回か、夜中に目撃されてるんだよね」

光樹の自宅は当然ながら極秘裏にされている。このマンションもひろみの配慮で、『梶尾』名義になっている。おまけにまともに帰宅できるのは週に何日か、場合によると月単位で帰れない状況も多く、それが妙な誤解を生んだのだろう。

（ゴシップ探しか。めんどいな）

光樹の彼女でも住んでいると勘違いしているらしい記者に対して、空滋は毎度の答えを返した。

「よぉ似たヤツは住んどるらしいけど、別人ですよ」

「え、別人?」

「このへん、俺の高校の生徒、多いし。藤代光樹に似とるやつとか、髪型似せとるやつとか、いっぱいおるし。夜中に見たっちゅうなら、夜遊び帰りのやつやないですか」

こうしたいささか面倒なやりとりも、もうこの数年で慣れた。嘘《うそ》も方便と割りきるのは当然。顔色も変えずに言いきった。

空滋のそっけない答えに当てがはずれたような顔をした男は、なおも食いさがった。

「えー、じゃあこのあたりにさ、鈴川留美菜《すずかわるみな》も住んでるらしいって情報もあるんだけど。なんか知らないかな」

鈴川留美菜は最近売りだし中の女性アイドルだ。たしか光樹と同じ事務所だと聞いているから、近所のマンションを借りている可能性がないわけではない。しかし空滋はそんなことをおくびにもださず、首をかしげてみせた。

「鈴川……?　そっちはまったく知らんです。誰ですか?」

「まじで?　噂《うわさ》とかもないの?　るみなん、興味ないわけ?」

「俺、部活で忙しいて、テレビやらあんまり見ぃひんし……もういってええですか？」

両手に持った買い物袋を掲げてみせると、相手は犬でも追い払うような手つきをした。

「あー、ああ、いいよいいよ。はいはい」

情報を得られないとわかるや、いきなり投げやりになった男は舌打ちを残して去っていった。

「うっといのはこっちじゃ、ボケ」

ぼそりと吐き捨て、空滋は素知らぬ顔で自室へと向かう。

この日は一カ月ぶりに光樹がオフの予定だった。ひさびさにまともな食事をさせねば、と気合いをいれていた空滋は、なんとなくいまのできごとでケチがついたような気分の悪さを味わったのだが——予定外のできごとは、さらに続く羽目になった。


数時間後の夜、空滋はしょんぼりとした声の光樹から電話を受けた。

「なんや、今日も帰れんの？」

『うん……』

北海道《ほっかいどう》での仕事を終えて、都内に戻ってきたはずの光樹は、電話越しにもわかる疲れた声で『明日、大阪にいくから』と告げた。

ニューアルバムの発売前から多忙だった光樹だが、いざリリースをしてからの数週間はひどく慌《あわ》ただしいものになっていた。

全国ネットの音楽番組や情報系番組への出演は、テレビラジオ問わず殺到しているし、雑誌の取材にくわえてインターネットの動画配信番組、地方局のローカル番組もはずせないものらしい。

空滋はもともと芸能界に興味がないし、じっさいあの業界がどういう流れで動いているのかもいまだに把握しきれていない。

ただ音楽というものが、ごく少数の奇跡的な作品を除けば放っておいても売れるものではないのだと、それだけはなんとなく理解している。

詳細はとにかく、光樹が尋常でなく忙しい、それだけが空滋に把握できるすべてだ。

「今日、明日はオフやなかったん？」

『アルバムのなかの曲がCMに使われることになって、そのスポンサーさんとディレクターに挨拶《あいさつ》することになったんだ……』

もともとはシングルカットされていなかった曲だったが、メッセージ性も強く、ファンの間でも人気が高いということで、後発シングルとしてリマスタリングバージョンを発売するのだという。

「挨拶だけなのに帰れんのか」

『なんか、新商品の発表パーティーみたいなのがあるんだって。いろんなひとに紹介されるし、そのあと打ちあわせとかもあるから』

未成年の光樹は酒の席に引っ張りだされることこそないし、条例の問題で深夜の仕事はしてはいけないことになっている。しかしそれは建前上の話で、じっさいには音源録《ど》りやなにかで徹夜になることもままあった。

『なんか、その絡みで、テーマ曲がタイアップのアニメもあるみたいで』

音楽関係の売りあげががた落ちの昨今、手堅いのはマニアな固定層が購入するアニメ系の主題歌だという。しかも曲だけでなく、作中のアイドルキャラを、ゲスト出演で光樹がアフレコするという話まで持ちあがっているのだそうだ。

「アニメて、いくらちょい役でも、おまえ声優とかできるんか?」

『芝居《しばい》は子役時代にやってたけど……』

もごもごと言う光樹も、さほど自信があるわけではないのだろう。

(稼げるうちはなんでもやれっちゅうことか)

ライフラインはたしかに人気があるけれど、Jポップグループのなかでトップを常に張る、というほどのものではない。事務所もさほど大きいほうではなく、それだけに今回の話は是非にも売りこみたいと、事務所の社長が息巻いているそうなのだ。

空港近くのホテルに泊まっているほうが、それはたしかに移動を考えても楽だろうとは思うが、もうこれで十日は家に帰ってこない幼馴染みに、空滋はこっそりと眉を寄せる。

『とにかく、いまは話題になることはなんでもやらないといけないから。仕事選べる状態じゃないんだよね。ほかにも留美菜が出るドラマの主題歌にも売りこんでるみたいだし』

「留美菜て、鈴川留美菜か」

この日の夕方、耳にしたばかりの名前だ。うさんくさい記者が嗅《か》ぎまわっていた件を思いだし、空滋は顔をしかめる。おそらく、新しいドラマの企画を小耳に挟んで、話題が熱いうちになにか探りをいれようとしたのだろう。

(あのことは、内緒にしたがええかな……)

いまさら光樹に、そしてひろみにも報告することではなかろう。ひとり決めた空滋の耳に、寂しそうな光樹の声が聞こえてくる。

『海は元気にしてる?』

「おう、さっきっからぬいぐるみと格闘しとる。おまえおらんから、あんまり食わんけど」

『そっか……早く会いたいなあ』

毎晩の電話は習慣のようなものだ。それだけに日に日に声のトーンが下がっていくのが手に取るようにわかり、空滋はひやりとする。

「まあ、あんま無理しなや」

光樹がまた、どこかバランスを崩しはしないかと案じるけれど、現時点ではどうにもできない。無力さを噛みしめつつそれだけしか言えずにいると、光樹がちいさく笑って問いかけてきた。

『ねえ、くーちゃん。もしかしてもう、ご飯作った？』

問われて、空滋は手のなかにしていたボウルを見下ろす。久々に帰宅するはずの光樹のために、好物であるカニいりの肉団子スープを作ろうと下ごしらえをしてはいたのだが、

「いや」と空滋は否定した。

「今日はちっと、部活で遅うなったから、これからやるかなと思っとったとこ。電話もろて、ちょうどよかったな」

『なら、よかった』

物音が響かないように気をつけながらそっとガラスボウルをテーブルに置き、ちたちたと寄ってきた海のちいさな頭を撫でる。真っ黒な子犬の目が、空滋のささやかな嘘を見透

かすようで、どうしてか苦笑がこぼれた。

『早く帰りたいなあ。くーちゃんのご飯食べたい』

たぶん電話の向こうの光樹も、海と同じような目をしているのだろう。めずらしくもストレートに泣き言を漏らすから、たしなめなければならなくなった。

「こら。それも仕事やろ、がんばれ」

いつもなら、空滋が軽く諫《いさ》めれば「そうだね」と笑ってみせる光樹だけれど、この日は違った。

『……べつに好きでやってるんじゃないもん』

「おい？　なん、急にどないしてん」

陰鬱《いんうつ》な声でめずらしいことを言う光樹に、空滋はぎょっとした。茶化して空気を変えようと半笑いで突っこみをいれたけれど、光樹の声は変わらない。

『俺、ほかにできることないから、やってるだけだよ』

「光樹……？」

らしくもなく、ずいぶんとうしろ向きなことを言う。なにかいやなことでもあったのだろうかとにわかに不安になって、空滋は小さく唸《うな》った。

『エライヒトに挨拶してる間中、笑いたくもないのに笑ってないといけないのがきつい。

それでも、営業活動だし、仕事で忙しいのはいいんだ』

「なら、なにがいややねん」

『取材とか。恋愛話とか、ふだんなにしてるのとか、どうだこうだ聞かれるのがやだ。プライベートなことなんかどうだっていいだろって思うのに、曲のこととかそっちのけで。きょうなんか、ラジオで穿《は》いているパンツの色しつこく訊《き》かれた。朝陽と天くんがどうにかごまかしてくれたけど、これセクハラじゃないのかな』

「……笑いとろうとしはったんやないのか」

『シモネタのギャグどころじゃないよ。二十分くらいずっと、俺がパンツのこと答えるまで訊いてくんの。カリスマパーソナリティかなんか知らないけど、正直きもいよ。なんでオッサンに俺のパンツの話なんかしなきゃいけないんだよ』

「あー……」

『おまけに新曲の紹介も投げやりで。なんのためにでたんだかわかんないし』

光樹の吐き捨てるような発言に、空滋はなんともつかない声を発するしかなかった。

収録のあった地方ラジオのパーソナリティは、毒舌で人気のベテラン芸人だと聞いている。最近になって東京進出もしてきたが、かなりスレスレのラインでひとをけなし、特にイケメン俳優やアイドル相手には容赦のないタイプだった。

（光樹、相当きたやろなあ）

楽曲のよさや歌唱力から、一応は『アーティスト』扱いを受けているし、タレント的な活動はすくないほうだけれども、やはりライフラインはアイドルなのだ。純粋なミュージシャンやシンガーのそれとは一線を画しているのだと、誰よりも彼は知っている。

ジレンマがつらいのは、ほかのメンバーも同じなのだろう。

春久が積極的に楽曲提供に関わろうとするのも、できるだけ『本物の』アーティストに近づくべくしている自助努力だ。

そうした事情のすべてを知ってはいても、業界には関われずまた知識も乏しい空滋には、慰める言葉のひとつも見つからない。おのれの未熟さに歯がみしたい気分で、どうしたらいいのかと戸惑っているうちに、困ったような気配が伝わってしまったのだろう。

『愚痴《ぐち》って、ごめん』

「や、かまわんけどな――」

『なんか、疲れちゃったみたいだ。もう寝たほうがいいのかも』

わざとらしいくらい声を明るくして会話を切りあげた光樹に、空滋はひやりとした。

（あかん、こいつ引っこめた）

光樹が空滋に対して気を遣うことはめったになかった。むろん互いに友人としての思いやりはあったけれど、こういう線の引きかたはされたことがないのだ。

いままで開いていた扉がいきなりぱたんと閉じたような感覚は本当にいやなもので、どうしたものだろうと空滋は惑った。

(それに、愚痴て……愚痴にもなってへんのに)

空滋に対しての彼はあまったれだけれど、光樹のそれはごく他愛もないことが多い。たしかに寝食に関してはひとよりうまくない面があるけれど、たとえば寝坊をして遅刻したり、アレが食えないコレが食えないなどというわがままを言ったりはしないのだ。

おそらくはそういう点が、ひろみ言うところの「プロ意識が高い」ところに通じるのだろう。撮影やレコーディングが深夜に及んでも、機嫌を悪くしたりすることはめったにないと聞いている。

だからこそ身体にでるのだと、幾度か入院した際の医師は言っていた。

他人に期待された役割を完璧にこなそうとする、責任感の強い人間ほど、身体言語としてストレス障害を起こしやすいのだそうだ。

いっそ不満やなにかを口にできる人間のほうが深刻な事態には陥《おちい》りにくい部分もある。だが、素直に話せと告げることもまた、光樹のような内にこもるタイプには逆の意味でストレスになるのだとも、空滋は教えられていた。

同居するまえ、何度目かの入院の見舞いにいった際、空滋は光樹をこう叱ったのだ。

――具合悪なるまで溜《た》めこむまえに、俺にくらいなんか言え！

過労とストレスが原因なんて、あまりに哀《かな》しい。家族のようにずっとそばにいて、そんな光樹を見抜けないまま何度も倒れさせてしまった自分にも、ひどく腹が立ってのきつい声に、光樹はあいまいな笑みを浮かべて答えた。

――うじうじしたこと言って、いやじゃないかな、って思うのも、きついんだ。

そのときの光樹は、ふだん空滋にあまえる子どもっぽさが嘘のように、静かな表情をしていた。横顔がひどく儚く、寂しげで、たまらなかった。

空滋の父親が転勤になると決まったのはその数カ月後。まっさきに浮かんだのは青白い顔で微笑んでいた彼のそのときの姿だった。

（もう、あんな顔、させたくない）

無理に心の裡《うち》を吐きだせと詰め寄ることも、光樹にとってつらいのなら、なにも言わずただ、好きにさせてやろうと決意したのだ。

そしてこの数年、光樹が愚痴めいたことをこぼしたことは一度もない。結局、内にこもる性質は変わらないまま、なんとなくお互いのスタンスのようなものができあがって、時折それはもどかしく。

(結局あそこから、なんも変わってへん)

めずらしく仕事への不満を漏らしたさきほどの会話が、光樹が素直に内心を吐露できるようになった結果だとは、とても思えない。むしろ抑えつけようとしたあまりあふれたことに、光樹自身が戸惑っているかのようだった。

じっさい、具体的なことなどなにも言わないまま、彼はすぐに言葉を引っこめてしまって、なんともつかない焦りのようなものが鳩尾《みぞおち》を冷たくする。

(なんか、あったんか。それともただ、疲れてるだけか――)

そしてそれを俺には言えないのか。うまく受けとめてやれない自分に対しても、遠慮する光樹にも、空滋は反射的にいらだった。

「光樹、ほんまに眠いんか？　それとも、もう話すのいやんなったか」

言外に、自分がいなければ眠るのも上手にできないくせにと告げれば、光樹は口ごもった。

『……くーちゃんと話すのがいやなことなんか、ないよ』

「こっちも同じじゃぞ。愚痴とか、なんぼでも聞くし。俺に遠慮すんな」

『だからいま、言ったじゃん。遠慮どころじゃないし。ほんとにいつもごめんね』

光樹の言葉は、磨《す》りガラスを通して見る風景のようにあいまいだった。謝るな、言葉をにごすな。そう言いたいのに、電話の向こうにそびえた壁が高くて、いつものように踏みこむことができない。

せめて自分にだけは心を開いてくれていると思っていたのに、こんな他愛もないことであっさり、その自信は覆されそうになる。その未熟さに、心底歯がゆくなった。

「ほんまに、平気か」

結局はこうして追及してしまうのも、光樹を追いつめることになるのかもしれない。案の定、明るい声で『平気だよ』と彼は言った。嘘の声だとわかるのに、空滋はそれを指摘できない。彼をあまやかすための言葉が、急にわからなくなってしまった。

(なんやこれ。なんかずれとる。けど、なんでか、わからん)

こんな微妙な空気を彼との間で味わったことがなく、途方に暮れる。しばしの沈黙のち、光樹がぽつりと名前を呼んだ。

『ねえ、くーちゃん』

「……なんや?」

問い返す声が、意識するよりもずっとあまいものになった。痛々しいような光樹の声に対し、空滋が見せてやれるものはやさしさや思いやりのほかになにもないと思ってのことだったけれど、どうしてか光樹は、またふっと沈黙した。

「なん、どないした?」

『くーちゃん、俺のことわかってくれてるよね。信じてくれるよね?』

「は……?」

『それだけ、おやすみ』

「ちょ、おい、光樹?」

それはどういう意味だと問うよりもさきに、光樹は早口に電話を切りあげる。待てと言う暇もなく途切れた通話に、空滋は首をかしげた。

「なんなんや……」

たいしたことも話していないというのに、ひどく疲れた気分になった。

体力的な疲労とは違うこのぐったりした感覚は、若い空滋にはまだ馴染みがなく、どかりとダイニングの椅子《いす》に腰かければ、海がちいさな身体を伸びあがらせるように臑《すね》に縋《すが》ってくる。

「おまえの飼い主は、よーわからんぞ……」

小さく痩《や》せた犬を抱きあげると、少し怖いくらいにやわらかい。

くにゃくにゃと手のなかで形を変える生き物を膝に乗せていじり倒し、こいつもあまり鳴き声をあげないなあと思う。

「部屋で飼うにはええけど、ほんま静かやな、おまえ」

家犬であることもさることながら、海は犬の体格としてあまりにちいさい。

散歩をさせるのもむしろ危険だから、ほとんどこの部屋から連れだしたこともなく、ほかの犬との『会話』がないから、犬の鳴き声をそもそも覚えていないかもしれないと、実家で犬を飼っているひろみに言われたことがある。

海と光樹は、偏食ばかりでなくそういうところも似ている。

家のなかではじっと静かで、たまにかまってとじゃれついて、声を発してなにかを訴えることもめったにない。

そして空滋はふと、さきほどから覚えている違和感の正体に気づいた。電話での会話では当然ながら、こんなに長い時間光樹の声を聞いた記憶はここしばらくない。

というよりも光樹のはっきりとした言葉を、ふだんあまりに空滋は耳にしない。

（ちょ、待て。俺ら、ほんまは、ほとんど会話してへんのか）

いまさら気づいた事実に、なんだか背中に冷たいものが流れていく。

忙しい彼はほとんど、この家にいる間中眠っているばかりで、思えば同居してからの数年、幼かったころのように夢中でしゃべった記憶がないのだ。

共通する事柄があまりに少ないふたりにはあたりまえのことかもしれないけれど、それはそれで、空滋には都合がよかった。

いまではだいぶ慣れもしたが、どんなに押し殺したつもりでも、空滋が光樹に向ける熱量の高い感情は、ふとしたきっかけでこぼれ落ちそうになっていくこともあった。

そもそもあまり饒舌《じょうぜつ》なタチでもないもので、意識すればよりまずく、言葉はどんどん殺《そ》がれていった。

光樹もそんな空滋に慣れて、言葉など必要もなく、お互いただぬるい安寧のなかで互いの体温だけを感じて眠る、そんな日々を繰り返していた。

（けど……さっきは違った）

疲れて重い声を耳に蘇《よみがえ》らせ、空滋は意味もなく自分の髪をかき乱す。

光樹は電話であれば、案外はっきりと言葉を発する。会話の内容より、ふだん部屋にいるときよりもあのあまい声が大人びて聞こえたことが、ひどく居心地が悪かったのだ。

自分のなかにまるごと押しこめてしまう光樹がずっと、せつなかった。

だがそれが、ただ彼を案じての気持ちというよりもっと身勝手な感情に裏打ちされた苛立ちだと気づけば、空滋は自己嫌悪に見舞われる。

（勝手やな、俺は）

なんだかいやな気分だった。光樹のためにどうにかしようなどと思いあがったことを考えるその裏に、彼がこのままどうにもならない子どもでいてくれないかと願う自分がいる。悩みさえ打ち明けてくれないのかと、友人顔して叱る胸の裡には、その痛みさえもぜんぶよこせとねだるエゴがある。

（光樹がいつまでもあのままでおったら、あいつがきついんは……わかっとるくせに）

本音はいっそ、不安定なままずっと、自分を頼ってほしいのだ。

社会人として働いている光樹と、ただの学生でしかない自分というものの差に、気がついたのはいつだったろう。

――ほかにできることないから、やってるだけだよ。

あんな風に光樹は言うけれど、ひとを魅了する仕事など、誰にもできることではないのだ。そして自分で自分の口に糊することさえ、いまの空滋は完全にはできていない。

空滋あっての光樹だなどと周囲は言うけれど、それこそいなければいないで、彼はそれなりに日常をこなしていけるのだ。

（本当は、俺やら、いらんのかな）

いい気になって保護者ぶって、そのじつ悩みひとつ聞きだしてやることができない。自分を過信していたことにもどっぷり落ちこんでいた空滋の指が、突然痛んだ。

「……いって！　な、なんっ⁉」

驚いて見下ろすと、海がまるい目を尖らせてちいさく唸り、指さきに噛みついていた。

気づけば撫でる手も止まり、膝の上でほったらかしにしていたことを抗議したのだろうけれど、それにしても見事なタイミングに空滋はいっそおかしくなった。

「ウウ」

「おう。……怒ってへんぞ、べつに」

じっと真っ黒い目を見つめると、叱られると思ったのか、噛みついたそこをなめらかな舌が舐めてくる。空滋の指をくわえるのもやっとという小さな口の海では、ダメージを与えるどころか歯形さえもついていなかった。

「痛いことない、平気や」

むしろループしていた物思いを振り払えてありがたい。ぐりぐりとぬいぐるみのような犬の頭を撫でながら、空滋は作りかけの肉団子をどうしようかとぼんやり思った。

「タネだけ作って、冷凍しとくかなあ……」

自分も夕飯を食べていないが、なんだか食欲がこそいだようになくなっている。その怠《たい》惰《だ》な感覚は慣れず、光樹はいつもこういう気分でいるのだろうかとふと思った。それから、謎《なぞ》めいた切る間際の光樹の言葉についても考える。

「信じて、ってなんやろな……」

小さな胸騒ぎがして、ひどく気が落ち着かないと思った。光樹のことを考えて、こんなに胸のなかがざらざらとしたのもはじめてで、それはあまりいい気分ではない。

「ああもう、やめや、やめ！」

気分を振り払うように声を出し、作りかけの肉団子をとにかくやっつけようと立ちあがった空滋が海を床に下ろした瞬間、もう一度電話のベルが鳴り響く。

ナンバーディスプレイを見ると、ひろみの携帯からのようだった。光樹が不在の際、めったなことではかけてこない彼女からの電話に、反射的に理由のわからない胸の悪さはますますひどくなる。

（もしかして……）

信じてと告げた光樹の言葉とこの電話が、なにか繋《つな》がっているのだろうか。直感で感じ取り、空滋は思わず海を見つめる。

「ウ？」

だが鳴き声の下手《へた》な犬は、半端なそれを発しながらきょとんと小首をかしげるばかりで、むろん答えなどくれるはずもない。

大きく息をつき、子機を取りあげる空滋のなかには、おさまりのつかない混乱が満ちていた。

スーパーアイドル藤代光樹の初スキャンダルは、あっという間に全国に広まった。

先日、あの記者が嗅ぎまわっていた鈴川留美菜と、「深夜の密会」とやらがスクープされたのだ。

　＊　＊　＊

今度彼女が出演するドラマの主題歌をライフラインが手がけるため、あからさまなまでの宣伝目的のねつ造記事ではあったけれど、世間にはそれなりの話題を提供したようだ。

『ごめんなさい、梶尾くん。しばらく、周囲が騒がしくなるかもしれないわ』

ひろみからの深夜の電話は、この件についての謝罪と前振りだった。

十七歳の若さと、アーティスト指向のグループの特性から、ゴシップめいた話題はいままで浮かんだことのなかった光樹の恋愛絡みの話題とあって、週刊誌やスポーツ新聞は一斉にそれを取りあげている。

あの記者のことも、こうなれば打ち明けないわけにはいかなかった。

「必要ないかと思って、黙ってました。すんません」

空滋があの日遭遇したパパラッチのことを告げたが、おそらくはさきに情報を仕入れようとして探りをかけたのだろうと彼女はため息をついた。

『ごまかしてくれて、ありがとうね。でも結局は、ほかの住人からばれたみたいなの』

女の部屋に通っているわけではなく名を隠して住んでいるだけだということははっきりしたので、同棲疑惑《どうせい》の線は消えたと思われるが、出入り待ちをして群がる記者もいるだろうとひろみは告げた。

そのこと自体は、どうでもよかった。ただ彼女が重苦しく告げた『だからしばらく、家には戻せない』という言葉のほうが、空滋には気がかりだった。

「しばらくて、どれくらいですか」

『それが、まだめどがつかないのよ。早いところ、別件のスキャンダルがでてくれればいいんだけど』

数日か、数週間か。とにかくうるさくつきまとう芸能記者関係が別のネタに飛びつくまでは、光樹はホテルを転々としている。

すっぱ抜きからすでに、二週間。定期連絡と称してひろみからは電話があるけれども、光樹からは電話やメールはおろか、ひと言の伝言さえもない。

「もう、すっぱ抜かれてから三週間になりますよ。えらいしつこくないですか」

『話題作りが主だから、ドラマの初回が放映されるまではこのネタ引っぱると思うわ』

事務所も同じアイドル同士、要するに完全にやらせスキャンダルだというのは承知のうえだ。つまりテレビ局側も事務所も、本気でこの話を収拾する気がない。ひろみは苦々しげに空滋へ漏らした。

「そんなんで、光樹は平気なんですか?」

『我慢してもらうしかないの』

なにしろ最後に光樹がこの部屋に帰ってきてから、すでに二カ月近くなる。

ひどいいらだちが募って、相づちもろくに打てなくなった。それ以上に、なにもしてやれない自分がもどかしく、空滋は唇を噛みしめる。

『梶尾くんが心配するのもわかるわ。でも、これ以上あなたまで巻きこみたくないっていうのは、光樹の意見なのよ』

「――なんですかそれは」

無力感に嘖《さいな》まれる青年に対して、宥めるようなひろみの言葉はむしろ、空滋を煽《あお》る結果になった。

「巻きこむやなんて、他人みたいなこと言うてんと、あいつに電話代われ言うてください!」

『あの……そういう意味じゃないの。それに、光樹は仕事で、いまいなくて』

かっとなり声を荒らげると、ひろみは焦ったように口ごもる。だが、そんなはずはないと壁にかかったカレンダーの書きこみを眺め、空滋はまくしたてた。

「今日は歌番組の収録のあとに取材二件で、そのあと午後いっぱいオフでしょう。それにひろみさんがこの状態で、光樹ほかしとるとは、俺は思えんのですけど?」

光樹のスケジュールについて、空滋はすべて把握している。彼がいつ何時、家に戻っても快適な状況を用意するために不可欠だとひろみに告げ、データのコピーをもらうようにしているからだ。

いまさらとぼけるなと声音をきつくすれば、受話器からは大きなため息が聞こえてくる。

『……完敗だわ。そのとおり。いま、同じホテルのなかにいるわよ』

部屋は違うんだけれどと、疲れたようにひろみが白状する。場所はと重ねて問えば、観念したのだろう彼女はあっさりと、都内の高級ホテルの名を告げた。

「そしたら、俺、いまからいきますから」

『ってなると思ったから黙ってたのよねえ……。梶尾くん、あなた学校は?』

「そんなもん、休めばええでしょべつに。ああ、それと光樹には俺がいくって言わんといてくださいね」

わかったと諦念《ていねん》を交えた声で告げるひろみだけれど、半分はこの事態を望んでもいたようだ。

『もう、あれからずっと、寝てないわ、あの子。……食事も同じくよ』

そうだろうなと思いつつ、空滋は電話を切りあげた。そして猛然と、冷蔵庫のなかのものを引っ張りだし、片っ端からタッパーにつめては袋におさめる。

ここしばらく、いつ光樹が戻れるのかわからないまま作りためた食事だった。ほかにできることもない自分の無力さに腹が立っていたおかげで、いつにもまして手のこんだ、そして量のかさばるそれらを紙袋につめたあと、今度は犬用のバスケットを引っ張りだす。

「海！　光樹んとこいくで。早よ——」

こい、というよりさきに、気の早い愛犬は玄関さきでおすましをしながら、空滋の手を待っている。微笑ましいような健気なようなその姿に苦笑しつつ、ここ数日の飼い主不在で、あまり食べようとしなかった彼を抱え、空滋は外へと飛びだした。

＊　＊　＊

ひろみの告げたホテルまでは、タクシーを使って三十分とかからなかった。

こんなに近くにいて、長いこと顔もあわせられずにいた幼馴染みは、スイートルームのドアを開けるなり呆然《ぼうぜん》としたまま立ち竦《すく》んでいる。

「……くーちゃん？」

なんで、と声にならないまま動いた唇が少し色を悪くしていて、空滋は不機嫌に鼻を鳴らし、海のはいったバスケットを細い腕に押しつけた。

「なんでもくそもあるか。いつまで経《た》っても帰ってけぇへんから、俺がきたんやろ」

「ばらすなって、言ったのに……」

困ったように眉を寄せた光樹の言葉に、空滋は頭上からじろりと睨《ね》めつけてやる。いたたまれない様子で肩を竦めた彼は、空滋の大柄な身体に続いてはいってきたワゴンの食事に、再び驚いたようだった。

「俺、ルームサービスなんか頼んでないよ」

「ええの。……ああ、あとは俺がやりますんで、ありがとうございました」

行き届いたサービスを売りにするホテルらしく、ワゴンを運んできたボーイは空滋の言葉にもにっこりするだけで、うつくしい一礼のあとに部屋を辞した。

「光樹、座れ。もうとにかく食え」

ワゴンから室内のテーブルへと皿を移した空滋に、バスケットから取りだした犬を抱え

たままの光樹は戸惑っていたけれど、ふわりと漂ってきたにおいにはっと目を瞠る。

「これ……くーちゃんの？」

「家で作ってきたやつ。冷凍しとったんもあるんで、あっためさせてくれ言うたら、えらいきれいに盛りつけられて恐縮した」

カニいりの肉団子と冬瓜《とうがん》のスープ、あまい卵焼き、しそと梅肉を巻いたささみ焼き、などなど。一見めちゃくちゃな取りあわせの品だけれど、光樹の好物ばかりがずらりとテーブルのうえに並んでいた。

「いつから……」

「しゃべんのあと。食え」

呆然とする光樹を強引に座らせ、空滋は見張るようにどかりと目の前の席に座る。窺《うかが》うような上目になった光樹はおずおずとスプーンを手にして、スープをひと口すすった。

「……おいしい」

「そらよかった」

膝のうえに乗ったたままだった海がじたばたしはじめ、彼も食事を要求しているのだとわかった。持ってきた荷物のなかからビーフジャーキーを取りだし、ちぎっては食べさせていると、もくもくと食べ続ける光樹がつぶやいた。

「あの、ごめんね」

「なん？」

「騒ぎに、なっちゃって」

「あー。まあ、ああいうんも、あるんやろ」

怒ったような口調になっているのは気づいていたけれど、じっさい怒っているので空滋はあらためる気はなかった。哀れなまでにしおれた光樹に、じろりと剣呑《けんのん》な視線を向ける。

「だいたいな。巻きこみたくない、てなんや」

「くーちゃ……」

「他人みたいに言いくさって。むかつくわ、おまえ。いまっさらの話やろが」

ごめんねとまた光樹が薄い肩をさげる。部屋着にはゆったりした服を好む光樹は、また大きめのフリースを着こんでいて、その落ちきった肩の端をつまんでやりながら空滋はつけつけと言った。

「そんなん気にすんなら、俺の服勝手に持っていくな」

「う……だって」

「ちゅうか、でかいん好きなら自分用のそういうん、買えばええやろ」

わざわざ、くたくたになった着古しを身につけることもなかろうに。あきれたように言いながらちょいと引っ張って手を離すと、なぜか光樹は赤くなった。

「あの……雑誌とか、読んだ?」

「や、読んでへん。けど毎ン日ニュースで流れとるから、内容は知っとる」

光樹を家に帰せなくしたゴシップ誌など、金を払ってやる価値もない。むっつりと告げた空滋に対して、光樹はもそもそと卵焼きをつつきながら口を開く。

「あの、あれ……嘘だから」

「あ?」

「だ、だから。あの、留美菜と夜、ふたりだけで会ってたっていうの」

スクープのお相手である留美菜は光樹と歳も近く、事務所のタレントのなかでも比較的仲良くしている。だからこそ信憑性《しんぴょうせい》があり、このたびのネタには格好の相手だったのだとはひろみからも聞いていた。

「あれは宣伝絡みなんやろ。ひろみさんにも聞いたし、べつに信じてへん」

だが、あっさりと言った空滋のそれに、光樹はふっと気配を凍らせた。海の口元にジャーキーを運ぶのに忙しかった空滋は彼の顔をまともに見てはおらず、だから表情の変化に気づくのが遅れてしまった。

「やっぱ、そうだよね」

「あ？　なんや？」

「く……くーちゃんには、やっぱり、どうでもいいんだ……」

はっとして顔をあげると、光樹は涙ぐんでいた。なにがどうして、と驚いた空滋を、赤らんだ瞳が睨《にら》みつけてくる。

「どうでもええやら、言うてへんやろ。ガセの記事で振り回されて、大変やろうて」

「そういうこと言ってるんじゃないよ！」

ばん、とテーブルを叩いて立ちあがった光樹に、海は飛びあがり、空滋は目をまるくした。

「な、なんやぁ？　信じろ言うてたん、そっちやろ」

「だからってそんなに平然としなくていいじゃないか、そんなにっ」

声をつまらせた光樹のきれいな瞳が、もうあふれそうな涙に潤《うる》んでいる。ぐっと唇を噛んで空滋を見据えるまなざしの熱に、ただひたすら困惑した。

「な、なんそんな、怒って」

「くーちゃんは俺のことなんか、どうでもいいんだろっ！」

突然の光樹の激昂《げっこう》に、空滋は面食らった。基本的に温厚な光樹が怒鳴り散らすというのははじめてで、それもみるみるうちに涙目はひどくなり、ついには鼻をすすりあげる。

「待て、なんで泣くんやって……」

「知らないよ！　ばか！　くーちゃんのドニブ！」

叫んだ瞬間、なにかが切れたのだろう。うえっとしゃくりあげた光樹はぼろぼろと涙をこぼしながら泣きわめいた。

「どうせそうやって、平気な顔するからやだったんだっ」

「ちょお待てて、なにがなんやら」

「俺が誰となにしてようと、『まーそんなこともあるやろなー』で終わりなんだ、わかってるもん」

空滋にはさっぱり意味のわからないことを並べたてられ、ついには「うわあん」と子どものように泣かれて、すっかり空滋は参ってしまう。

「あーもう、落ち着けやぁ」

「うえっ……うー……」

事態が奇妙なことになっているのを、海も気づいているのだろう。おろおろしているかのように泣いた光樹とため息する空滋を交互に見あげた子犬は、「ウ？　ウ？」と短く鳴いてせわしなくそわそわしている。

「おう、海。ちょい待っとけ」

困り果てている犬を膝から下ろし、空滋は立ちあがった。そのまま部屋のなかにあったティッシュボックスを見つけ、数枚引きだして光樹に差しだす。

「ええから顔拭《ふ》け。明日も仕事あんねやろ」

「いっつも、そーやって、も……ばか！」

だが、宥めるつもりのそれが光樹にはお気に召さなかったらしい。べちっと音をたてて空滋の手をはたき、ますます顔を赤らめながら光樹は叫んだ。

「いいよ、どうせ俺なんか海とおんなじ扱いなんだからっ」

「はあっ？」

「わんこにエサやるのとおんなじなんだろっ？　ほっといたら危ないから、しょうがなくて面倒みてるだけなんだっ」

空滋がいつどこで、犬と懸想した相手を同列にしたというのか。さすがに情けなく眉をさげたけれども、その反論は口にできない。

「いっ、いっつもくーちゃんはそうなんだ。俺がなにしたって、全然驚きもしないし、困った顔もしないし」

「や……驚いとるけど、それなりに」

というより、焦ってもいる。ひどく傷ついた顔で言われ、なにをどうしたものだかと空滋は途方に暮れているのだが、どうもその内心はあまり、顔にでてくれていないらしい。

「嘘だもん！」

「なにがや。言うてみ？」

間髪いれず光樹は怒鳴って、なんだか見ているだけで胸が痛いような表情をした。

じっさいこんな顔を見せられても、原因のわからない自分は鈍感なのだろうと、空滋は宥めるような声をだした。それすらも不愉快だというのか、眦《まなじり》をきつくした光樹は唇を尖らせながらまくしたてる。

「なんだよ、くーちゃんなんか……春くんとかひろみさんとか、ひとがいる前で、俺がべたべたしてみせたって平然とするし」

「いやまあ、それは慣れっちゅうか」

そもそも空滋はあんまり、その手のことを恥ずかしいと思っていない。光樹がじゃれついてくるのはちいさなころからの習慣じみていることだし、いい歳をしておかしいという自覚はあったところで、彼にとって必要なあまえならばかまうまいと思っていたのだ。

だが光樹はどうにも、それがお気に召さなかったらしい。

「わからん。俺は嫌がったほうがよかったんか？」

「違うよ、ばかっ！」

空滋が眉をさげれば、倍の声量で返される。さすがに歌を仕事にしているだけあって、空滋の耳はきーんとなった。

「なんでそう、つらーっとした顔してられんのかって言ってんだよ。女の子となんかあったかもって記事がでたって平気だし！」

「や、それもガセや言われてたから。っちゅうか、この話さっきもしたやろ。なんでそんなに怒ってる？　意味わからん」

どうも話が根本的に噛みあってないなと思いながらも、凄まじい剣幕の光樹に押されて、考えがまとまらない。飼い主の気迫に怯《おび》えたのか、海は部屋の端っこでしっぽをまるめてうずくまっており、ちょっとは助けろと空滋は眇《すが》めた目で睨んだ。

「いつまで、そんななの？」

「そんな、て。なん？」

もうわからない、お手あげだと立ち竦んだ空滋の胸元を、光樹の震える指が掴む。

「俺、くーちゃんの子どもでも、ペットでもないよ」

「知っとるけど」

わかってないよ、と握りしめたシャツをぐしゃぐしゃにして、光樹は鼻をすすった。空滋は完全にお手あげだと、文字どおり両手をあげて降参する。

「おまえな、どないせえ言うん、俺に」

「まだわかんないのかよっ」

「すまん、わからん。はっきり言うてくれ」

どかどかと小さな拳《こぶし》が胸にあたる。うつむいた光樹の頭は空滋の胸のちょうど真んなかあたりにあって、小さなそれを宥めるように撫でると、ますます光樹は暴れだした。

「じゃあ言うからな。困っても知らないからな！　すっごいわがまま言うんだから！」

「あーわかったわかった、なんでも言え」

じたばたするのをいいわけに、腕のなかに閉じこめる。意識のあるうちの光樹に自分から腕を伸ばしたのははじめてで、少しばかりどきりとしたけれど、そのあとで硬直したようにぴたりと動きを止める光樹にはもっと驚く。

「なんでも聞いたるから、とにかく泣くな」

な、とやわらかい声で言い聞かせると、じわじわと細いうなじから耳まで赤くなる。色白の光樹だけにその変化は鮮やかで、空滋はうっかり見惚《みほ》れてしまった。

「ずっ……ずるい……この天然っ」

「あーはいはい」

天然呼ばわりされる筋合いはないのだがと思いつつ、ここで逆らうのは得策ではない。

空滋は華奢な背中をぽんぽんと、いつも寝かしつけるときのように叩く。

「なんだよ、ずるいよいっつも、平気な顔して、こんな」

「こんな、なんやねん」

その慣れた仕種にも腹が立つと言うように、光樹は空滋の腕にしがみつき、爪を立てた。

海に噛まれたほどにも感じない痛みはあまく、うっかり相好をゆるませかけた空滋の耳に、
また意味不明なうめきが届く。

「俺が抱きついたら、困った顔してよ！　変な噂がでたら、ちょっとでいいから、妬《や》いてよっ」

「へ？」

「へ、じゃないっ。くーちゃんおかしいと思わないの⁉　同じ歳の男に抱きつかれてあまえられて、なんで平気なのっ」

わめき散らす光樹の言葉の、意味がわからない。いや、言語としてはきちんと届いているのだが、その解釈が正しいのかどうか自信が持てない。

だってそれは、まるで。

「や、それだって、おまえやし」

「俺だから、なんなんだよっ」

呆然としたまま、それでも声は平静に空滋が返すと、光樹の声に混じった苦さが濃くなった。

「教えてよ、くーちゃん。俺だから、なに？　幼馴染みだから？　芸能人で不眠症で、普通じゃないから、それでぜんぶ、抱えこめちゃうもんなの？」

「光樹……」

顔をあげた光樹の頬はさっきよりもなお苦い涙に濡れている。ふっと眉を寄せた空滋が無意識のまま手のひらでそれを拭《ぬぐ》うと、光樹の必死の力をこめた指が、離すまいというように握りしめてきた。

「まだわかんない？　それともとぼけてるの？　同い年の男の泣いてる顔、こんな風にナチュラルに拭いちゃうの、普通じゃないってなんでわかってくんないの？」

「……いや、え？　けど、それは」

「なんでいちいち、一緒に寝たいって俺が思ってるのか、本気でわかんないのっ？」

縋る目の、熱がすごかった。網膜《もうまく》から脳まで突き刺さるような痛みのある視線と、痛ましいくらいの真剣な声に、空滋は後頭部を殴られたような気分になる。

「いや、けどそれ……おまえが、俺がおらんと寝られへんからって」

「そうだよ。でもぜんぶがそれだけだと思ってたの？」

光樹が空滋に執着するのは、子ども返りというか精神安定のためだけではないのかと問うと、いつまでそんないいわけを信じているのかと怒りだす。

「無理にでも寝ようと思えば、眠剤でも使えばいいんだ。点滴打ってカウンセリングでも受けて、そのうち不眠症も偏食も、治そうと思えば無理にだってできるよ」

「……なんや、それ」

自律神経失調症など、ようは気の持ちようだ。本気で自分がそれに取り組めば治るものだと語る光樹に、どこか裏切られたような気がするのを空滋は否定できなかった。

「したら、いままでのはなんやねん！」

「くーちゃんが鈍いから、ああでもしないと俺のこと見てくんないからだろ！」

ふざけるなと怒鳴りつけ、しかしさらに強い口調で返されて、空滋はさらに混乱した。

「なんであんなにあからさまにアプローチしてんのに、わかんないの⁉　わかっててはぐらかすんだったら、あんまりだよ！」

「いや、待て、光樹……あからさまって、なにが、……どれのことや？」

目をまるくする空滋に対し、それこそが不満だと言わんばかりに光樹はまくしたててくる。

「だって俺はこんなに、好きって言ってるのに！」

「はあ……？　そんなん、言うたか？」

「毎日みたいに言ってるよ！」

まあたしかに言われてはいるけれど、たいした意味はないのだろうと思っていた。

だがそもそも、なににつけ光樹は言葉がオープンだ。メシを食うときも面倒をみても、「嬉しい、くーちゃん大好き」と抱きついてくるし、ごく他愛もないことですら、好き好き、と連発してくれる。

頻発すれば言葉の意味など薄まっていくし、それを理解しない空滋が鈍いと言われても無理だろう。そう思って困惑したまま黙りこんだ空滋に、なおも光樹の言葉は続く。

「一生懸命、ベッドに誘ってるのに。いてくれないと寂しいって言ってるじゃん！　抱きついたりすんのも、少しでも意識してくれないかと思ったからなのに！」

慢性不眠症の解消方法として、添い寝するのがそうなのだろうか。おまけに幼いころからのつきあいで、スキンシップは日常茶飯事だった。

「せっかく同居したんだし、タオルいっちょでセクシーポーズとかがんばったのにっ」

光樹の風呂《ふろ》あがりなぞ七歳のころから見慣れている。そもそもおまえの夢精したパンツを洗ってやったのは誰だと、空滋は遠い目で考えた。

そしてなんだか、脱力した。

「……もしかして、それ、アプローチしとったつもりか」

「つもりってなんだよ！」

あきれかえった声に光樹は目を尖らせたが、空滋はひたすら遠い目のままだ。

「光樹、それなあ、……おまえが七つんときから、やってることなんも変わってへんねんけど……」

「どこがっ!?」

しみじみと疲れた声を発するが、憤慨している様子の光樹に、空滋はもうなにも言えなくなる。

（あかん、頭、痛なってきた……）

意識しあってからの行動であればまだしも、十年幼馴染みをやってきていまさらそれをがんばっても、とにかくから回っているとしか思えない。

まして空滋はかなり早い時期から自分のやばさを自覚したあげくセーブに努めてきた分、十七歳童貞とは思えない異常なまでの忍耐力がついているのだ。

その程度のことで、どこぞの青年向けマンガのようにお手軽に、どきどきな展開になれば苦労はしない。

しないのだが、それよりもさらにばかばかしくもお粗末なこのたびの事態に、空滋はただ疲れきったため息をこぼして問いかけた。

「おまえ、マジで俺のこと……あー、そういう意味で、好きなん？」

「うん」

力一杯うなずかれても、空滋は首をかしげてしまうばかりだ。

「あのな、俺とかめっちゃ普通の高校生やねんぞ」

哀しいかな、諦《あきら》めることを覚えて久しい空滋の心は、このたびの光樹の爆弾発言において、嬉《うれ》しいよりも疑念がさきに立ち、なんでだ、と心底不思議になった。

「それに取り立てて特技あるでもないし。どこがええねんな」

「くーちゃん頭いいじゃん。スポーツとか得意じゃんっ、ハンドボール部だし！」

「あんなあ、頭も東大いけるほどでもなし、スポーツ言うたってべつに、区大会いくのがせいぜいの部活やんか」

「ご飯作れるよ！　掃除だって洗濯だって、ひろみさんよりうまいもん！」

「そら、俺は主婦歴長いし、あんなキャリアウーマンとは違う……っておい」

それはべつに特技じゃなく、ただの生活習慣だろうと空滋はうめいた。並べ立てられる理由は、どれもいまひとつ決め手に欠ける気がすると、眉間《みけん》の皺《しわ》を深くするばかりの空滋に、もどかしげに光樹は言いつのる。

「俺のこと一番大事にしてくれるよ？　俺ちゃんと、くーちゃんいてくれると寝れるよ？……それは特技じゃないの？」

「眠剤飲んだら寝れるんちゃうん」

たしかに日本のトップアイドルの不眠症解消という、妙な特技を持ってはいるが。思わず雑《ま》ぜ返すのは、さきほどの言葉をいささか根に持っていたせいだろう。だが光樹は取りあわず、真摯《しんし》な瞳で縋りついてくる。

「無理すれば、だよ。飲んだら結局頭痛くなるもん。むくむし。けど、くーちゃんがいたら、安心して寝られる」

「……まあ、そらそやけど、どうもなんか違わんか？　それに、男……やし」

自分のことは棚にあげ、光樹のそれは単純に幼馴染みの気安さだろうと空滋が告げると、光樹は違うと言いはった。

「だって俺、女嫌いだもん」

「へ……？　なんやそれ」

意外な発言に、空滋は固まった。光樹の仕事といえば、芸能人。それもルックスを売りにする手合いとなれば、ターゲットはおのずと女性がメインだろう。

クール系美少年という触れこみの光樹はタレントアイドルのように愛想を振りまくこと

はしないが、それでも日々熱狂的なファンに愛されているのにと、首をかしげてしまう。

「したっておまえ、女の子のファンとかいっぱいおるやん」

「だからいやなんだよ……あいつら、怖いんだもん」

心底いやそうな顔をして、光樹は吐き捨てるように言う。ちいさなころから揉《も》みくちゃにされ騒がれ続けて、女性、ことに同年代の女子には夢など持てないと、トップアイドルは整った顔を歪めた。

「けど、ライブやなんかすると、ファンサービスもするやんか」

「そりゃ、仕事だし。￥マークに見えれば、笑うのなんかわけないよ。べつに……歌だって、春くんたちほど本気じゃないし、本当はじろじろ見られるのも、好きじゃない」

「な……」

吐き捨てるようなそれに、空滋は愕然《がくぜん》となった。少なくとも、人前に立つことは好んでいると思っていた光樹の本音は、ひろみあたりが聞いたら憤死ものだろう。

さらっと冷たい、仕事用の笑みの裏にはそんな心境があったのか。自分のまえでは幼すぎるほどのゆるい表情をさらす幼馴染みの意外な一面に、空滋は目を瞠る。

「だから、俺本気で女の子やなの。留美菜となんかあるわけないの！」

「や、それもわかった……けど、おまえ、そんなんでつらいこと、ないんか？」

「きついよ。でも、やらなきゃじゃん」

仕事もたいして好きではないと言うのなら、なぜ倒れるまでがんばってしまうのか。わからない、と空滋は唸ってしまう。

「なんでや。いやなら、やめて別のことすればええやろ」

「いまさら、ほかのことなにができるってのさ」

どうしてそんな思いまでして続けているかと空滋が問えば、意志の強さが表れているまっすぐなまなざしのまま光樹は言った。

「俺なんか、頭悪いし背もちっちゃいし、本格俳優とか無理だし。天ちゃんみたいにモデル系でもなきゃ、春くんみたいに本当のアーティストになれる才能あるわけじゃないし。朝陽みたいに体格もよくない。絶対使い捨てのアイドルになるんだから、いまのうちに稼いで、お金貯《た》めるんだ」

事務所もちいさめで給与制のライフラインでは、たとえば長者番付に載るほどの収入は得られない。だが、通常のサラリーマンに比べてみれば、光樹の貯蓄額はすさまじいものがあるだろう。

特に趣味もない彼だけに、使い道がないから貯めているのかと思っていたが、どうやらそれは違うらしい。

「……なんや、目標でもあんの？」

ぼやぼやとしているとばかり思っていた光樹の意外な将来設計に、空滋はいっそ毒気を抜かれる。しかしその返事は、これまたとんでもなかった。

「あるよ。それ資金にしてくーちゃんに、小料理でもやるお店ださせて、くーちゃんのこと一生囲うって決めてたんだもん」

「なあ⁉　か、囲うて⁉」

あまりの言葉にぎょっとした空滋がなんだそれはと目を剥くけれど、光樹は居直るように薄い胸を反らし、傲然《ごうぜん》と言い放った。

「俺、くーちゃんに一生くっついてやるんだから。絶対離す気なんか、ないから……だから、なんかそういう方法ないかって考えて」

「いやそれにしても、囲うて」

なんかちょっと違うだろう、と空滋は意味もなくかぶりを振った。

「あほやな、おまえ……」

「真面目に考えたんだよ！　俺本気だから」

だったらなお悪い。こんなことを本気で言う光樹は、本人の申告どおりたしかに頭が悪いかもしれない。

（しかも、店だすて）

それ以上に空滋が驚くのは、未熟な将来のビジョンが、まったくもって自分と同じだったからだ。

空滋のそれは、不安定な職業の光樹がいつかこの仕事で食べていけなくなったとき、雇ってやれるくらいの規模のものがあればいいというものだったのだが。

（うわ、めっちゃ恥ずかしい……）

まさかその夢のような話を、光樹まで本気で考えているとは思わなかった。

たぶん、春久やひろみなどの、もっと明確なビジョンを持って仕事に取り組む大人あたりから見れば、笑ってしまうような将来図だろうと思う。

叶《かな》うかどうかも正直、わかったものではないと、哀しいかなリアリストの空滋は気持ちの半分でいまこの瞬間、思ってもいる。

ふたりが頭に描いているものは、視野の狭い子どもの、まるでお菓子みたいにあまいばかりの夢だ。なのに光樹は本気で金を貯めているというし、空滋にしても実はこっそり、起業家支援の仕組みを調べたり、店をだすのにいくらいるのかなど、結構具体的に調べたりなんかもしていた。

夢が夢で終わらない方法を、ただこのまま一緒にいられるための術《すべ》を、必死に手探りで考えていた。それもお互いに知らぬまま、おそらくは同じ想いで。

「ほんま、あほやな」

もう一度つぶやいて、空滋はくらくらする頭を大きな手のひらで押さえた。そうしなければ、だらしなくゆるみそうな、そのくせ泣いてしまいそうな、奇妙な顔を隠しきれないと思った。

どうしようもないいとおしさに、これはもう一生面倒をみるぞと空滋は思う。こんな頭の悪い、けれど懸命な生き物は、たぶん空滋にしか扱えない。

「あほでいいもん。くーちゃんは、……そんなの、や、かも、しんないけど。でも俺、決めてるんだから」

逃がさないからと、腕を掴んでくる光樹の指はまだ震えている。怖かったんだろうなと、半ば遠い意識で空滋は思った。

まだ自分たちは幼くて、本音をさらして拒絶されることに慣れていない。それなのに、胸の奥のやわらかい部分をぜんぶ、光樹は目の前に差しだした。

(負けとるなあ)

頬どころか額まで赤くして、逃げないでくれと縋る光樹を反射的に抱きしめようとした。それでも空滋の腕は、一瞬だけ強《こわ》ばって動かない。

（けど、ほんまに、ええんかな……）

躊躇《ためら》う手のひらに、意気地がないなとは思う。だが、本当に大丈夫だろうかと煩悶《はんもん》してしまうのは、いままでがいままでだったからだ。

「まあ……光樹の言いたいことは、わかった。それに、俺もべつに、いややない」

「ほんとにっ？」

ぱっと顔をあげ、見あげるまなざしがあまりにまっすぐで、これだからと空滋は内心ため息をつく。

「けど、ちいっと訊きたいこと、あんねや」

「なに？」

「おまえ……惚れた男と一緒に寝とって、平気なん？」

問いかけながら、心底自分を情けなく思う。けれどどこで間違えてしまっては、それこそ目も当てられない。

恋愛的な意味あいで好きだと言ってくれるわりには、いままで光樹にはあまりに緊張感がなさすぎた気がするのだ。

（好き、言うても……どこまでか）

結局、そのあたりの熱量が違うのではないだろうかと空滋が問えば、どこか寂しげな声で光樹はきっぱり言った。

「平気だよ。……なにされたっていいって、ずっと思ってた」

「な……」

その声は大人びて、どきりとする。表情もまた、空滋の知らないようなせつない熱と、どこかあまい艶《つや》を滲ませて、心音がうるさく感じるほどに高鳴った。

「でも、くーちゃんは絶対、……しないじゃん。平気だよ、そんなの」

「しない、て」

なぜ言いきると空滋は眉を寄せたけれど、光樹のあまりに諦めたような表情に、言葉が出ない。

「俺ひとり、空回ってるの、知ってたもん。だから今回、家に帰りたくなかったんだ」

ゴシップ記事を見たところで、平然としているだろう空滋を見るのがいやだったんだと、じんわり涙の滲んだ瞳で光樹は哀しく笑う。

「巻きこみたくなかったのも、ほんとだけど。これ以上、くーちゃんに迷惑かけるのもなって、思ったし」

「おい……」

「でも、結局こうやって、来てくれちゃうんだ。……全然わかってないのに、俺にやさしくすることばっかり、そんなにうまくなってどうすんの？」

だめになっちゃうじゃないかと、涙声のごまかしきれないまま光樹は言った。

「そんなだから……俺には世界一かっこいく見える、もん。違うって言われたって、知らないよ」

「……それ、誰の話」

くーちゃんだよ。あまったるい声で幸せそうに、そのくせ少し寂しげに、光樹は言う。

「だいすきなんだよ……好きで、俺、ちょっとおかしいくらいに。……じっさい、おかしいんだけど」

冗談めかした声と裏腹に、本当だからと縋ってくる指は小刻みに震えていた。気づいて、空滋はようやく光樹の本気を理解する。

「でも、くーちゃんも悪いよね。離す気ないとか、俺結構ヤバイこと言ってんのにさあ。……あっさりOKしちゃえるのって、どうなんだろう」

俺はいいけど、それでも。

「やさしいのも面倒見いいのも、ふつうは限度あるのにさ。くーちゃんは際限なくて……だから俺なんかにつけこまれるんだ」

口元が薄く微笑むような形になって、その諦めたような笑いがひどく、空滋には不愉快だった。つけこまれるとはどういう言いぐさだと、むかむかと腹が立ってくる。

「……わかってへんの、そっちやんか」

「なにが……」

おかげで、躊躇いに動けなかった指さきが動く。光樹に向かって、伸びてしまう。地を這うような声で吐き捨てると、一瞬だけその迫力に光樹が怯えた顔をして、けれどもう、逃がすものかと思った。

「なにされてもいいて、こういうことか？」

空滋の手のひらが、細い肩を掴む。力の強さに驚いたように一瞬だけ光樹はその手を見つめ、ややあって空滋を見あげた。

「く……」

問いかける言葉をふさぐように、一瞬だけ唇を触れあわせる。きょとんとなった光樹のそこはふわりとあたたかく、それでも感触を味わう余裕などないままだった。

「……うわ」

「なんや」

唇をかすめ取った事実に、空滋の心臓は破裂しそうに高鳴っていたが、じわじわと赤くなる光樹のまるくした目にさらにいたたまれなくなった。照れ隠しに尊大な顔をしてみせると、うわわ、とつぶやいた光樹が口元を押さえる。

「さっきっからひとりで完結しとるけどな。俺がなんもせえへんやら、勝手に信じるな」

「え？　え？」

笑ってしまうような拙《つたな》いキスに、光樹は茹であがっていた。呆然と見開かれた目に意味もなく罪悪感を覚えるけれど、もうぐだぐだ言ってもはじまらないと、空滋は腕を伸ばす。

「俺の忍耐強さは、おまえが一番知ってるやろが」

「くーちゃ……」

何度も、こうやって眠る光樹を抱きしめた。おのれの欲望に負けそうになる夜も山ほど越えて、歯がみしながら耐えてきた。

「したないん、ちゃう。でけへんかった」

大事で大事で、ちょっとでも光樹を脅《おびや》かすものはぜんぶ、自分の腕で排除したかった。それが自分自身であれ。

「おまえこそ、鈍い。だいたい、俺の態度が普通やない言うなら、とっくに気づいとけ」

「なっ……そ、だっ……、ん」

ぱくぱくと意味もなく開閉した光樹の唇に、今度はもう少し長く触れてみた。びくんと竦みあがって、それでも逃げずにじっとしているのを了承だと勝手に理解し、空滋はしてみたかったことをする。

「んやっ」

ぺろりと、緊張に閉じきった唇を舐めると光樹が妙な声をだした。耳に届いた途端、かーっと背中から熱が上がって、待ってともがくのも聞けなくなった。

「んん……！」

きつく腕に閉じこめて、何度も唇を舐めまわす。今度は感触もちゃんと味わった。ふわふわと見た目のとおりやわらかい。

「光樹……」

「……やっ」

自分の荒い息が恥ずかしくもあったけれど、名を呼んだ声はもっと恥ずかしかった。どこから出るんだというくらいにあまったるいそれに、また涙目になった光樹はかくんと膝を落としてしまう。

「く……くーちゃん、いまの」

「なん？」

海をこね回した際に感じる、あの奇妙な頼りないやわらかさと、抱きしめた光樹の身体はよく似ていると思った。痩せているのにふにふにで、壊れないかとちょっと怖くなる。

「ほ、ほんとかな、これ」

夢じゃないかな、とぼんやりつぶやいてくれるので、もう少し大人なこともしてみた。

空滋自身まったく経験はないけれど、若さ故の好奇心でいろいろ見聞きした恋愛ごとの作法に、舌を使ったキスがあるのは知っている。

（うあ、すげ……）

味覚で感じるそれは、あまいわけもなくただ唾液《だえき》の味がした。けれど、光樹の舌の感触はとろとろと溶けそうで、いつまでもしつこくしゃぶっていたくなる。

不慣れな口づけに、ときどき歯がぶつかった。口蓋《こうがい》のざらっとしたところを舐めると、光樹の声が空滋の口腔に吹きこまれる。

荒い息づかいに、酸欠を起こしそうだった。はじめてのキスは、うっすらと思い描いていたものよりずっと、なまなましくて少し怖い。

けれど光樹に触れ得た事実は、空滋をなにも失望させなかった。むしろやっと、ふわふわ現実感のない存在だった光樹の形を、たしかめられたような気がした。

ファンを魅了する光樹のきれいな顔、伸びやかにあまい声、うつくしく完璧な身体のライン。

そんなすべてを知っているけれど、光樹に捧げた愛情は夢のような幻想のうえに成り立つものなどではない。むしろ彼を知る誰よりも、光樹のだめな部分を空滋は知っていて、そのうえでやはりいとおしいのだ。

「ふあ……」

光樹の息が本気で苦しそうになっていて、名残惜しく唇を離すと、うっとりと吐息混じりの声がこぼれる。

濡れてぬるぬるになった口元を恥ずかしそうに拭うさまが、空滋の熱を否応《いやおう》なく煽ってくれて、たまらずもう一度抱き寄せた瞬間、互いに目を見合わせた。

「あ……」

「う」

興奮が露骨に形となって現れる男の身体は、こういうときひどく気まずいものだと知った。それでも、一方的な情ではないと知らしめるのは、光樹のそれは空滋の腿《もも》に、空滋のものは光樹の腹あたりに、焦《じ》れったい熱を押しつけあっているせいだ。

「くーちゃん、ガッコ……」

「休む。おまえ、仕事は?」

「えと……明日、また、テレビ」

あるけど、と言いながら光樹は空滋の脇腹あたり、シャツの裾《すそ》をきゅっと握った。ものすごく恥ずかしい沈黙に包まれた部屋の隅を、惑いを抱えた空滋がうろうろ眺めれば、すっかり存在を忘れていた海がすやすや眠っている。

「……大胆な犬やな」

結構な声量で怒鳴りあったりいろいろしたりしていたのに、泰然自若と彼は眠る。本能だけの生き物の剛胆さに、ふっとなにかが吹っきれるようで、空滋は笑いを浮かべた。

「わかった。もう」

「え、な、なに……？」

「頭で考えることやないわ。もう好きにすんで、光樹」

こっちにこい、と腕を引いて、隣にある主寝室に連れこんだ。初体験がスイートというのはむしろ引いてしまいそうなシチュエーションかもしれないと思いつつ、かまっていられるかと空滋は居直る。

「な、なに、くーちゃん……」

「明日に響かんようにはするから。……もっといろいろ、させぇ」

なにをされてもいいだとか大胆なことを言うわりには、光樹はそのひと言にあっという間に真っ赤になる。

「言うとくけど、俺も好きやからな」

だめ押しに、これもきっぱり言ってやれば、トップアイドルはイメージどおり案外クールな性格はどこへいったのか、ハイ、とひたすらしおらしく、うなずいた。

＊　＊　＊

手順などなにもわからないから、とにかくぜんぶ脱いでしまえと、お互い自分で裸になった。

意識しないよう努めているときには平然としていられた光樹の肌を薄暗くした部屋のなかで眺めた瞬間、正直言って空滋は、叫びだしそうなほどに動揺する自分を必死で押し隠すほかになかった。

（うあ、きれい）

冗談抜きに、完璧に近い身体だと思う。ひとに見られる仕事をしていることもあるのだろうけれど、光樹の造形はどこまでもうつくしく、触れるのが怖いほどだった。

「……くーちゃん?」

それでも不安そうな声でそっと身体を寄せてきた光樹に、竦むより早く腕が伸びる。これはもう、習い性のようなものだろう。光樹の不安顔はどこまでも空滋をやさしくさせてしまい、その抱擁《ほうよう》に彼はほっと息をついた。

（さて……どこまで、かな）

やわらかにまた口づけながら、暴走しそうなおのれを宥めるためにも、空滋はしばし考えた。

明日も光樹は仕事がある。人前でとっかえひっかえ着替えるような場面もあるだろうし、となればこのつやつやに——空滋が丹誠こめて——保っている肌に、少しの痕《あと》も残してはまずい。

慎重にそろそろと撫でるだけでも気持ちよかった。本当ならもうぐちゃぐちゃにこね回したいような気分でいたけれど、球技部に所属するせいですさまじい握力を誇る空滋の手でそんなことをすれば、光樹は痛いばかりだろう。

そう思ってやんわりそっと触れていく。こんなんでいいんだろうか、と空滋もいささか手探りな状態ではあったが、光樹に少しでも不愉快な思いをさせたくはなかった。

「や、なに……くーちゃ、んっ」

「あ、あ？　なに、あかん？」

そろそろとちいさな乳首を指の腹で転がしていると、光樹は戸惑ったように上擦《うわず》った声をだす。気持ち悪いのかと覗きこむと、混乱をありありと真っ赤な顔に浮かべて、光樹は潤んだ瞳をしばたたかせた。

「なん、なんでそんな……きもちい、の？」

「……は？」

「す、すごい感じちゃうんだけど、そこっ……」

ぽやんと濡れた目であえぎながら、慣れてるの？　と不安そうに訊いてくる。そんなわけがあるかと思いながら、どうやらこの慎重な愛撫《あいぶ》ともつかない触れかたは、光樹の過敏な肌にはほどよく作用したようだった。

（あー……くっそ、かわええ）

ぐりぐりと性器をいじり乳首をやんわり吸いあげると、光樹は「あんっ」とまたたまらないような声を漏らした。

「あ、あ、くーちゃ……くーちゃんっあっ」

ここだけはいくらなんでも人目につくまいと判断して、つるりとやわらかい手触りがたまらないような尻をめちゃくちゃに、それでも痛ませることのないように揉みほぐすと、ひんひんと鼻をすすって腰を揺らす。

腹にくっつきそうなくらい反り返った光樹の性器はもう濡れ濡れで、先端をつるつると撫で回すと「ふぁうっ」と叫んでしがみついてきた。

「俺も、する、くーちゃんの……こする」

「あっ……あほ、俺はええって……んん！」

されるばっかりはやだ、と健気につぶやいて、光樹のきれいで不器用な指が空滋のそれを握りしめてくる。

あの完璧なまでにきれいな指に触られたという事実だけでうっかりやばいことになりそうだったが、それはあんまりだろうと、どうにか空滋は踏ん張った。

「すご……くーちゃん、おっきい、かちかちだぁ……」

「う……エロいこと、言うな、あほっ」

しかもうっとりつぶやくな。ちょっとでそうになったぞと空滋は奥歯を噛みしめて、お返しだとばかりに濡れそぼった光樹を扱《しご》き、尖りきった乳首をつまみあげる。

「あ、やっずるい、一緒にいじったらっ」

「……感じるか？」

「あん、あん、……で、ちゃいそう……」

手のなかでぴくぴくする光樹の感触と、泣きそうに歪んだ赤い顔が、否応なく空滋の性感を煽る。

興奮しすぎてどこかが壊れそうだと思いながらさらに指を激しくすると、光樹がすんすん鼻を鳴らして、空滋に掴まれた尻をまた揺する。

あんあん言っている光樹は、ピンクで白くてふにふにだ。海の腹を撫でているときとちょっと感触が似ているけれど、あれよりつるつるしている分なんというのか、こう。

（ああ、くそったれ。めっちゃかわいい）

なんでこんなかわいい生き物が存在するのか。いっそ腹が立つと思いつつ手を動かすと、ふにふにした肉が手のなかでたわんで、齧り付きたいような気分になった。そして光樹に掴み取られた空滋のそれも、もう痛いくらいに張りつめている。

「いれたいなあ……」

「え……」

悶々《もんもん》と考えていたことがうっかり口からこぼれて、空滋がはっとするよりもさきに、光樹はびくんと身体を震わせる。

「や、あの、……なんもない、気にすんな」

無理ならそこまでしない、と慌てて言ってやろうと思ったのに、泣きそうな顔をしたスーパーアイドルはか細い声で問いかけてきた。

「くーちゃん、……俺のおしり、使ってくれる？」

その瞬間、空滋の血液が一気に沸点を超えた。おかげで冷静沈着を誇る規格外の高校生の低い声は、見事に裏返る。

「みっ、おま、なん、なに言うねんな！」

「やじゃない？　やじゃなきゃ、ここ……使って？」

きゅっと抱きついて、震える声でせがまれながら尻に這わせた手を握られる。初々しさと大胆さが混じりあった所作にごくんと息を呑《の》むけれど、しかしと空滋は眉を寄せる。

「……やったことあんのか？」

「わけないだろっ！　く、くーちゃんなら、いいってっ」

さすがに躊躇った空滋の問いはいささかストレートに過ぎたようだ。真っ赤になって怒鳴った光樹はひどく傷ついた顔になって、べつに疑ったわけではないと慌てる羽目になった。

「や、けど……準備いるやろ。いきなりは無理やって」

「……くーちゃんこそ、なんで知ってんだよ」

経験済みなのかと睨まれて、涙目の上目遣いにぐらぐらになる。脳の血管が二、三本はいったかもしれない。勢いそのまま突っこんでしまいたいとおのれの分身がずきずき痛むけれど、拳を握りこんで空滋は耐えた。

「いや、ちっと聞いたことあるくらいで……お、おまえはどないやねん」

「だって俺は、……し、調べたから」

「調べたぁ？」

「だ、だってできるって聞いたから、どうすればいいのかなーって」

本当にできる日がくるとは思わなかったけれど、もし万が一、奇跡でも起きたらと想像して。

そのときに空滋に、みっともない姿を見せないで済むようにと思って、知っていたかったのだと光樹はぼそぼそ告げる。

「してくれたら、嬉しいなあって……でも、まさかこんなのできると、思わなかった、けど」

恥ずかしそうに言いながら、空滋の性器をゆるゆると光樹がこすりあげてくる。その手つきは少しの羞《は》じらいと陶酔がいり交じった熱心なもので、空滋はもう獣じみた呼吸を殺せなくなる。

「くそ……使う、やら、言うな。そういう言いかたは、好かん」

「くーちゃん……？」

それではまるで空滋が一方的に欲情を散らしたいだけのようじゃないか。少し怒った声で咎《とが》めると、光樹がびくりと身体を引くが、許さず強い口調で空滋はほっそりした身体を抱きしめる。

「めっちゃくちゃ抱きたいねんぞ……このあほ」

「ほ、ほんと……?」

かわいくてかわいくてどうしよう。頬ずりして小さな耳を噛むと、ひくひくと光樹の性器がまた震えて、さきのほうからじんわりなにかが滲んでくる。

「ほんま。……けど、せえへん」

「なんでっ⁉」

「あほ。今日の今日ではいるかい。めっちゃ痛いぞ。それにおまえ、明日仕事やろが」

本当ならこのままこのちいさな尻に、自分の滾《たぎ》った性器をねじこんでがんがんに突っこんでやりたいところだけれど、そんなことをしたら光樹が壊れると、理性のひと空滋は思う。

「そんなの……いいのに」

「俺が、いやや。ちっとでも光樹がきついのは、好かん。するなら、気持ちええことしかしたない」

伊達《だて》にお目付役をやらされてはいないのだ。ここでうかうか乗せられるくらいなら、たかが十七歳の高校生に事務所が諸手《もろて》を挙げて光樹を任せるわけがない。

「でもっ……俺、俺くーちゃんに、これ、いれてほし……んむーっ！」

「だあほ、いれるやら言うなっ、でてまうやろが！」

手のひらで口を覆って、せがむ言葉をふさぐ。色気のないやりかたにむうっと膨《ふく》れるから、すぐに手のひらではなく唇に取り替えると、少し機嫌を直したように肩から力が抜けた。

「焦んな。ちっとずつで……ええから」

「ほ……ほんとに？　ちょっとでもする？」

ひとしきり口づけてささやくような声で言うと、絶対だよと光樹が身体をすり寄せてくる。近づいた距離に高ぶり同士が触れて、ため息を漏らしたのはお互いに同時だ。

「ねえ……ねえ、指だけもだめ？」

「……おまえな」

堪《こら》えのきかない身体を押しつけあい、卑猥《ひわい》な動きで腰を重ねるとじんと脳まで痺《しび》れるくらい気持ちよかった。息を切らしながら、したいしたいと泣き声をだす光樹を必死に宥めるけれど、空滋もそろそろ限界に近づいてくる。

「だって、……だっていっぱい想像したんだよぉ……」

「な、にをや」

おまけに光樹の言うこととときたらとんでもなくて、続く言葉に空滋は一瞬気を失いそうになった。

「くーちゃんにね、すごいことされんの……俺、女の子みたいに脚拡《ひろ》げてね。そんで、やだやだって言うのに、くーちゃんに押さえつけられて」

「あ、あ、あほっ！　なに、なに言うてんねんっ」

過激なそれに、空滋はぎょっとする。たしかに空滋は口調はぞんざいだし顔立ちの印象はワイルド系と言われるが、やだと言われて押さえこんでまでするほどケダモノじゃない。

「あと、くーちゃんの舐めさせられたりとか……言葉責めされたりとか」

「なあっ⁉　するかっそんな鬼畜生《きちくしょう》みたいなこと！」

というより、光樹にもしそういう乱雑なキャラだと考えられていたとしたら、この十数年大事にしてきた自分の気持ちはなんなのだと、ショックを受けそうになった。けれど、否定すればむしろ「どうせ夢だもん」と拗ねたように怒るから困ってしまうのだ。

「しないよ、くーちゃんは。わかってるよ。……いいじゃん、俺の妄想なんだからっ。強引になんてどうせ、求めてくんないって思ってたんだもんっ」

「光樹……」

やさしいのはわかってるけど、と光樹はすすり泣きながら身体をすり寄せてくる。

「でも、でも俺のこと欲しいってはあはあしたくーちゃんに、いっぱい突っこまれて、いっちゃうのとか……考えただけで俺すぐ、何回もでちゃう」

「す、すぐって、おまえ」

もう勘弁してくれないかと、空滋は情けなく眉をさげた。光樹の言葉はまるで大型炸裂弾《デイジーカッター》だ。骨も残らずぼろぼろにする破壊力で、腰も砕けて脳が溶ける。

せつなくしかめたきれいな顔と艶《なま》めかしい涙声で告げられる妄想が、ほぼ自分のそれと寸分変わらないものであるのは恥ずかしくも嬉しいが、ぐわ、と顔から火がでそうだ。

ついでにそれが光樹のおかずであったと知れば、情けなくもアレのさきから少しでた。でも光樹はもっと漏らしたみたいに濡れていて、もう空滋の手のひらはべとべとだ。

「おまえ、スケベやなー……そんな顔して」

「ほっといてっ、顔は生まれつき！」

それでもって、どんなにきれいでもやっぱり光樹も十代男子だなあ、と妙な感慨《かんがい》も覚えた。欲望に正直で妄想たくましく――まあ受け身の妄想ではあるが――セックスへの興味がストレートに恋に直結している。

（しかし……俺よりすごいやんか。やっぱ芸能界でいらん知識増えたからかな……）

この耳年増《みみどしま》めと苦笑しつつも、空滋はそういうのは嫌いじゃないと思った。この幼馴染みに対してずっと、欲情コミの気持ちを向けるのはどこか罪悪感があったけれど、同じだったと泣きながら教えられればなんだか、安堵《あんど》さえも覚えて笑える。

「……ほんまに、あほやな」

「あほでいいよう……くーちゃんに、いれられるのどんなか知りたいよぉ……」

ねえねえと光樹は肩に噛みついてきて、誘うようにちろちろと首筋を舐められて、もうたまらんと空滋はうめく。

「指、指だけ。……ねえ？」

「ああ、もう、くそ……ちょっとだけやぞ！」

「あうん！　あ、あ、……う、うん、うん、嬉しい」

痛かったらすぐやめるからなと告げて、ふるふるしている尻の間に指を滑らせた。汗に湿った肉がきゅうっと窄《すぼ》まり、言葉ほど大胆になれない身体を教えるけれど、空滋ももう止まらない。

光樹の体液で濡れていたせいか、思ったよりつるんと指の先端がはいりこんだ。あ、と小さな声をあげた光樹はもう愛撫を返すこともできないようで、熱のこもった股間《こかん》を押しつけながら空滋にしがみついてくる。

「あん、くーちゃん、くーちゃんっ、……すご、いぃっ」

光樹のなかは熱くてきつくて狭いのに、包まれる感覚はとろっとやわらかかった。

ねっとりした粘膜が指に絡む感触だけで闇雲に興奮してしまって、ずるずる埋まる指をどんどん進めてしまう。

「痛い、こと、ないのか？」

「ない、ないからっもっとぉ……！　すご、いよ、くーちゃんのゆびっ」

おまけに光樹は痛がるどころか、濡れた腰を揺すって泣きじゃくる。だが、ぎっちり締めつけてくる感触はさすがに身体を繋げることが無理だと、空滋に教えるには充分だった。

「……くーちゃん、やめたら、やだ」

「ああ、やめへんて」

光樹もわかってはいるのだろう。絶対に痛いと言わないけれど、感じると言うけれど、さきほどに比べて流れる汗は冷たいし、身体の緊張も普通じゃない。

（あほが……ほんまに）

そんなに我慢しなくたって、もうこちらもいっぱいいっぱいだ。やめてやらなければと思いながらぐりぐりと内部をいじめている男に、縋りついてねだってどうするというのか。

「……今度もっとゆっくり慣らして、くーちゃんの……いれて？」

「ああ、今度な」

「そ、そんで俺っ……ちゃんと、なっ……なかあらっとくから、なか出ししてね?」

「うあ、もう言うなっ、いってまうっ」

ぎくっと背中を強ばらせてうめくと、光樹がさらにしがみついてくる。せわしない息に湿った唇を吸いあって、互いの身体を煽りあった。

「好き、好き、くーちゃんっ」

「……俺も」

好きやよ、とやんわり唇を噛んだ瞬間、んんっとうめいて光樹は首を振った。もうそこからさきは言葉もなく舌を舐めあいながら、互いの手のなかのものを激しく擦りたて、ねちゃねちゃ音がするまで押しつけあった。

「あんいく、いっちゃう、でちゃうっ」

「うっ」

手のなかが、精液で濡れる。同じように光樹の手も汚した。ぴくぴくと光樹のやわらかい腿が痙攣《けいれん》し、空滋の胴体をぎゅっと締めつけてきて、そんな感触のすべてが信じられないほど気持ちよかった。

めまいがするようなすさまじい快感だった。自慰をするのと大差ない愛撫だというのに、この違いはいったいなんだろうと思いながら光樹を見つめると、濡れた目がとろんと空滋に向けられている。

（うわ……いった。光樹が、俺の手で）

ゆるんだ口元も色づいた頬も、壮絶に色っぽかった。たったいま放出したばかりの性器がまたぎちりと強ばって、空滋はいっそ怖くなった。

「し、したら、しまいな」

だしたしな、とひきつった笑みを浮かべ、光樹のなかにいれっぱなしだった指を抜こうとしたのは、なにか歯止めがきかなくなりそうだったからだ。しかし、その指先が明らかな意図を持ってきゅっと食い締められ、空滋はぐびりと息を呑む。

「くーちゃん……」

「……あかんて」

なにも言われるまえからかぶりを振った空滋に不満そうに、光樹はしなやかな腕を絡め、すり寄ってくる。

「ねえ、ねえ。ゴム、あるよ？　春くん、くれたの」

「や、まずいやろ、やっぱ」

小首をかしげるそれは、さすが抱きたい男三年連続ナンバーワンだ。どこまで狙っているのかと空滋は散漫に思う。そして、これが演技だろうが素だろうが、どうにも光樹は魅惑的だという事実に変わりがないのが泣けてくる。

「ちょっとだけ、試そう？　ね、くーちゃん。おねがい」

脳裏をよぎったのは、まずひろみの顔だった。それから春久、天、朝陽と順に続いて、しまいには海までもが空滋を咎めるようにじっと、真っ黒な目で見つめている。

だが、それでも。

「きょう、したい。また今度ってなって、やっぱやめたとか言われんのやだ」

「光樹……」

「痛くてもいいからっ」

泣きそうな顔でこんなに必死になられて、もうだめだ、と空滋は観念した。

そもそも空滋は光樹のおねだりに弱い。それでもってこの局面で、『お願い』されて断れる男がいったい何人いるかと思う。

「痛かったら、言えよ」

「うん」

手にするのもはじめての、小さなアルミパッケージを破り、どうにかこうにか装着する。

「んん……！」

ちいさく熱っぽい尻の狭間《はざま》に押し当てながら、夢中になって唇に吸いついた。背中に縋る光樹の細い指が痛いほどに食いこんできたけれど、このあと与えるだろう痛みに比べればささやかに過ぎるだろうと空滋は眉を寄せてそれを無視する。

（ひ……貧血起こしそうや）

放出したばかりだというのに、興奮しすぎておかしくなりそうだった。窄まりに先端を押しつけただけでも、びりびりと首のうしろが痺れている。

竦むそこが怯えているだけだと、本当はわかっている。けれど身勝手な男の性《さが》は、欲しがられているかのような錯覚《さっかく》のまま、狭い場所をこじ開けたがって暴れだす。

「い――っ」

ぐっと身体を前に押すと、光樹が目を瞠って硬直する。思わず、といったふうにこぼれた悲鳴にぎくりと空滋が固まれば、光樹は唇を噛んでそのさきの声を飲みこんだ。

「へ、へーき……」

「いや、けど」

ひきつった顔で笑われても、信憑性などまるでなかった。可哀想《かわいそう》だし罪悪感もひどくて、もう身動きひとつできない空滋の背中を、冷たくなった指が掴んで離さない。

「しようね、くーちゃん」

「光樹……」

がんばるから、とわななく脚がさらに開かれた。つらいのだろうに、健気に笑ってみせる光樹のそれに励まされて、なんとかもう少しだけ、ぎっちりときついそこにはいりこむ。

「う、う、く」

「ふっ」

空滋にしても、正直こんなにきついとは思っていなかった。本音を言えば快感よりも痛みがひどい。このまま続けて怪我《けが》でもさせたらどうしようと、ぞっとするような危惧《きぐ》も覚えている。

「く……くーちゃん、キス」

「ん」

縋るなにかが欲しいように、唇を求められた。かがみこんで触れあわせると、身体の角度が変わってまた少し。もどかしい挿入の難しさを補うように、必死に舌を舐めあって、もがいている光樹の手を握りしめた瞬間だ。

「ふにゅっ」

「う」

赤ん坊みたいな頼りない声をあげた光樹が舌を噛んできて、びくっと空滋は身体を震わせた。とたん、あれ、というふうにぎゅうぎゅうに目をつぶっていた光樹がぱちりと目を開く。

ばれた、と思った途端、たまらなく恥ずかしくなった。

「……くーちゃん？」

「うー、あー……悪い」

がっくりと広い肩を落としたのは、本懐を遂げる前に暴発したおのれへの、情けなさだった。

「えっと……いっちゃった？」

「スマン。……マジ、かっこわる……」

あんなに必死で、光樹は受けいれようとしてくれたのに、自分が終わってどうするか。大きな手のひらで顔を隠し、空滋は呻いた。

こうした場合、いったいどうすればいいんだろう。謝ったほうがいいのかと逡《しゅん》巡《じゅん》していると、茹であがった頬にそっと、光樹の指が触れてくる。

「格好悪くないよ」

「光樹……？」

ふわりとあまい声に、抱きしめられたような気がした。外していた視線を光樹へと向けると、汗の浮いた真っ赤な顔で、ひどく嬉しそうに光樹は笑っている。

「格好悪くない。……くーちゃん、ここ」

「あ……?」

触って、と導かれた手に触れたのは、光樹のしんなりとした性器だった。ゴムをつける間、乾いてつっぱるとまずいからと始末しておいたはずのそこからも、とろりとしたものがあふれている。

「へへ……俺もいっちゃった」

「え」

「くーちゃんはいった、って思ったら……痛かったんだけど」

ただ嬉しくて、もうそれでぜんぶだった。

照れたように笑う光樹に、どうしてくれようかと思った。かわいいとかいとおしいとかそんな言葉の最上級のものはなにかないだろうかと、熱に浮かれたような気分で空滋は本気で考え、しかしなにも見つからないまま闇雲に、細い身体を抱きしめる。

「い、いたた、……あはは」

まだ繋がっていた身体が痛いと言いながら光樹は笑って、なんだか泣きそうに嬉しかった。そろそろとどうにか衝撃の少ないように身を離し、ちょっとばかり情けなかった初体験の証拠を始末して、空滋はもう一度しっかりと、大事な生き物を抱きしめる。

「好き、くーちゃん」

「ん。俺も」

意味もなくおかしくなって、じゃれあうようにしながらずっと、ふたりとも笑った。

はじめてのセックスは、躊躇った時間の長さに匹敵する程度には難しかったけれど、終わってみれば結構あっけない。

痛かったり苦しかったり面倒だったり、あまいばかりではないそのぜんぶがなまなましくて、けれど少しも懲《こ》りなかった。

(俺が変えてしまうかもしれん、やら……思いあがってたかもな)

そして光樹は、こんな程度のことではなにも変わりはしなかった。むしろ情けない空滋を細い腕でしっかり抱き留めるくらいには、強いのかもしれない。

「あのさ、くーちゃん」

「うん?」

そして空滋のしみじみとした感慨は、続いたあまい声にしっかり裏打ちされる。

「さっきの、どんくらいはいったの?」

「あー……」

天使かと思う寛容で失敗を許した端から、その質問か。まあでもそれも、自分たちらし

いかもしれないと、神経質なのか大胆なのかわからない幼馴染みのまえに、空滋は長い指をかざす。

「まあ、こんくらいか」

と指で示した長さは約三センチ。

「それだけ、で、あれ……」

その事実に光樹が息を呑んだのは、このさきへの期待か恐怖か、空滋にはいまひとつわからない。

けれどそれでも、もう二度といやだとは言わないのだから、いいのだろう。

「ま、おいおい、やってこ」

「うん」

ちょっと怖いかなあ、とぶつぶつ言った光樹だけれど、髪を撫でた空滋の手には、ひどく気持ちよさそうな顔を見せてくれる。

もう、綻《ほころ》んだ唇に触れることを我慢しなくていい、それだけでも空滋は幸福だった。

＊　＊　＊

深夜になって、まだ目を覚まさない光樹を起こさぬようにベッドから抜けだした空滋は、スイートルームのリビングにある豪華なソファに腰かけ、ひろみと電話をしていた。

『それじゃ、とりあえずちゃんと食べて、寝たのね？』

「はい。ぐっすり寝てます。それで明日の予定なんですけど」

『幸いテレビの収録もないし、休みにしたわ。社長には過労ってことでねじこんだ。ここ数日のあの子の顔色見てたから、さほどごねられはしなかったわよ』

なによりほかのメンバーたちが、今回のでっちあげスキャンダルについてかなりの不満をみせ、これ以上光樹に負担を与えるなら考えがある、と切りだしたのだそうだ。

『光樹は若くてメンタルも強くないのに、ごり押ししすぎだって。光樹をつぶしたいのかって、春久がかなりきつく社長に食ってかかってね』

「春さんが……」

『あと、さすがに親御さんのほうからも、クレームがはいって』

「え、ほんとですか」

リーダーの男気に感心していた空滋は、その言葉に驚いた。超放任主義の光樹の親も、さすがに息子の無謀な使われかたにはひとことあったかと思ったが、ひろみの苦々しげな声に、期待はあっさりと打ち砕かれた。

『うちみたいな弱小に預けたのは、目端が利《き》いて管理が行き届くと思ったからなのに、こんなゴシップがでるようじゃ、考え物だ、ですって』

「な……」

『今後、こういうかたちでの話題作りが続くようなら、光樹の契約を切るそうよ』

保護者としての責任を果たしていなくとも、未成年の光樹に関する権利は両親が握っている。理不尽な話だと空滋も思うが、ひろみの憤慨はその比ではなかった。

『自分たちがサバ読んでるから、親子だって公表しないくせに。勝手な言いぐさよね』

「え、そうなんですか」

吐き捨てるようなひろみの声に驚くと、彼女は一瞬、しまったというように口ごもった。だがすぐに開き直ったように『ええ、そうよ』とため息をつく。

『公表してる年齢は、じっさいのものからかなり若いの。とくに母親のほうは、プロフィールの年齢から逆算すると、光樹を産んだとき十代だったってことになる』

だからほとんどいっしょにも暮らさなかったし、祖父母が存命だったころはそちらに、彼らが亡くなってからは事務所の人間に丸投げしていたという話に空滋は絶句した。

放置された子どもだとは思っていたが、そこまでとは知らなかった。言葉もない空滋に、ひろみは打ち明ける。

『わたしはね、光樹に関しては三代目のマネージャーになるんだけど。初代はほとんど親代わりだったそうなの。生活の世話、ほとんどしてたって話だった。ただ、しょせんは他人だから。本人が出産のために仕事をやめてからは、お手伝いさんみたいなひとが生活の管理をしてただけでね』

あの極端な性格も、単に芸能生活が長いというだけでなく、まともに育てられていない子どもだからだと言われて、空滋は拳を握りしめる。

『知ってた？　六歳くらいの光樹、仕事のとき以外、ひととしゃべらなかったの。眠らないのもそのころからだそうよ』

「……知らんかった、です」

幼い光樹はいつも空滋にくっついてきて、膝のうえで眠った。空滋もそれがあたりまえで、本当にぺったりとくっついたまますごしていた。

『そのままだったら、あの子、本当に壊れたと思う。ただ幸いなことに、小学校にはいってからは、あなたが光樹の家族になってくれたから』

本当にありがとう。しんみりした声で言われ、空滋は無言でかぶりを振った。そして電話の向こうのひろみには通じないことに気づき、かすれた声で「俺は、なにも」とうめく。

「えらそうぶって、面倒みてるつもりでも、やりきれてないです」

『なに言ってるの。過分なくらいよ。あなたの管理能力、ただ部活で培ったってだけじゃないわ。マネージャーの件も、本気でスカウトしてるの』

「それは、べつに能力があるとかなんとかじゃあらへんし……」

ただ光樹のことをひとつも取りこぼしたくない強欲さが、彼の管理に結びついているだけだ。身体ごと手にいれて、あらためて思い知った自分のエゴに空滋が苦さを噛みしめていると、ひろみはくすくすと笑った。

『わかってるわよ。梶尾くんの行動は、ぜんぶ愛情ゆえ、よね』

ふだんなら聞き流しただろう言葉になんとなく身がまえるのは、さきほどまで触れていた肌の感触が、まだ手のひらになまなましいせいもあるだろう。

『まあ言わずもがなだけど、細かいことは突っこまないでおく。それに裏方ってのはね、御輿《みこし》に乗った相手に惚れなきゃやってられないの。そういう意味でも、あなた以上の適任はいないの。どうか本気で考えてほしい』

光樹を護れるのは、本当にあなただけだから。さらりと言われた重たい言葉に、空滋は軽く身震いした。それは臆《おく》したのでも、怯んだのでもなく、そうしてもいいのだろうかという期待と興奮によるものだ。

『なんだか、引退してお店開くとかばかなこと言ってるそうだけど、二十年……ううん、三十年早いわよ』

「そこまで、光樹は使えますか」

『背は足りないけど、あの子の美貌が衰えないのは、サバ読みしまくりの両親見てればわかる話でしょ。ミステリアスな美形のニーズはいつの時代でもあるの。それに、あの子が本当に、一般社会でサービス業やれるなんて、梶尾くんだって思ってないでしょう』

「……」

『言っておくけど、二十代の若さであの子引退させたら、完全にヒモになるわよ。主婦やれるような子でもないし。海ちゃんより役に立たないのは間違いない』

それはそれでいいかな、と一瞬空滋は考えた。

なんの役にも立たなくても、ただ空滋のいる場所でかわいらしく存在するだけの光樹。海と同じように、空滋に愛玩《あいがん》されるだけの光樹。すさまじくあまい、そして危険な妄想を読みとったようにひろみが釘《くぎ》を刺した。

『……そういう不健全な発想はだめよ、梶尾くん』

「なにがです?」

しゃあしゃあと空滋はとぼけたが、ひろみはごまかされてくれなかった。

『いい?　光樹が欲しかったら合法的に、社会的に、うしろぐらくない方法で、堂々とおやりなさい』

「そのそそのかしかたも、どうかと思うねんけど」

『そそのかしてないわよ、阻止してるのよ。なにがやばいって、あなた、うっかり人間ひとり飼う甲斐性《かいしょう》くらい、持ってそうだから怖いのよ。ほんと末恐ろしい』

「いや、せやから考えすぎですって」

『だったらあなた、自分のことわかってないんだと思うわよ。あのね、あなたの年齢で、そこまでひとの世話やりきって、不満もなにもないのってはっきり言って異常よ?』

「異常、ですか」

『ええ、それも嬉々《きき》としてやってのけるのは、ただ面倒見がいいってレベルじゃない。ついでに言うと梶尾くん、それが光樹以外だったとき、あなたばっさり切り捨ててない?』

光樹がいればクラスメイトの誘いもまったくおかまいなし、じつの父親を大阪にあっさり送りだす。極端な比重の違いに気づいていないのかと問われ、空滋は黙りこんだ。

『メンバーやわたしたちに親切なのも、光樹につながってるからだってわからないほど、暢気《のんき》じゃないのよ、わたしも』

なんと答えればいいのかわからずにいると、含み笑ったひろみは、すべてを見透かしたような声で『そんなわけで、前向きによろしく』と告げた。

『あの子の管理をするにあたって、必要な学歴とか手段について、教えてほしかったらいくらでも教える。だから、あの子をさらって逃げないでね』

「しませんて」

妄想がすぎるのはどっちだ、と思いながらも、なんとなく腹の奥を覗かれたような居心地の悪さを感じるのはなぜだろうか。深く考えるのは怖くて、空滋はそのあとうやむやに話をごまかし、電話を切った。

光樹のために、ただあたりまえのようにしてきたこと、彼のためだけに生きていること。それを異常とまで言いきられたのはさすがにショックだったが、本音を言えば、自分でもわかっていたことではある。

予想外だったのは、ひろみがそれを止めるどころか、けしかけてきたことだ。それもこれも、光樹のキャリアのためだろうけれど。

「食えんひとやなあ……」

——光樹が欲しかったら合法的に、社会的に、うしろぐらくない方法で、堂々と。

(でも、あれって一応、許可されたっちゅうことなんやろな)

そんなものをもらえなくても、空滋はなんら光樹に対してのスタンスを変えるつもりはなかったけれど——そう考えて、はたと気づく。

そもそも空滋に光樹の居場所を教えたのは、ほかならぬひろみだ。こんなふうに追いつめられた光樹と、じりじりしていた空滋が同じ空間でひさしぶりに再会したら、どうなるかを読めない女ではないと思う。

「最初っから、手のひらのうえっちゅうことか?」

なんとなく、うまく踊らされたような気がする。すこしだけ釈然としないまま、空滋は携帯電話をテーブルに放って、主寝室へと戻った。

「ん?」

閉め切った主寝室の扉を、かりかり、とひっかく音がした。足下を見ると、前足を引っこめた海がちんまり行儀よく、座っている。

「ついてきとったんか?」

そうだよ、と言いたげに目を輝かせた海に思わず笑った空滋は「しー」と唇のまえに指をたて、眠る光樹を起こさないようそっとドアを開いた。

指先で招くと、従順な犬は毛足の長い絨毯《じゅうたん》に慣れない様子で寄ってくる。

「静かにな」

「ウ」

返事をするようなタイミングで、不器用な鳴き声をあげた犬の頭を撫でたあと、空滋ももう一度光樹の隣に滑りこんだ。

あたりまえのように光樹は空滋の身体へとしがみついてきて、あまいにおいの髪に鼻先を埋めると、満足そうにくふんと笑う。

（ま、なんでもええか）

この寝顔を護るためなら、結局空滋はなんでもするし、できるのだ。他人の思惑も関係ない、ことによると自分自身さえ、どうでもいいくらいに、光樹だけが大事で、それはたぶんこのさきも、一生変わらない。

細い身体を抱きしめて、空滋は静かに目を閉じる。

ふたりと一匹は、そうして夢も見ない眠りのなかで、幸せにまどろんだ。

END

初恋ロリポップ

梶尾空滋《かじおくうじ》が幼馴染《おさななじ》みの藤代光樹《ふじしろみつき》について覚えている、いちばん最初の記憶は、ちいさな手を握っていたこと。

こんにちは、も、はじめまして、も言った覚えはまったくない。

ただ気がついたら光樹は隣にいて、わいわいと騒がしい人の輪からはずれたところでふたりでぎゅっと手を握りあい、はぐれた自分たちをつなぎあっていた。

「ねえ、くーちゃん」

あたりまえのように隣にいる光樹が、声変わりまえのかわいい声で呼ぶ、自分の愛称。くすぐったく感じるその声が、大好きだった。

「CMのお仕事したんだ。これもらったの。いっしょに食べよ。どれがいい？」

コーラにラムネ、ストロベリーにレモンにメロンソーダ。

そのなかで、光樹が本当に好きなのはストロベリー。空滋がなにかを言うまえに、なんのためらいもなく「はい」と光樹は渡してくる。

「光樹が好きやろ」

「うん、だからあげる」

まだえくぼのでるやわらかい手で、棒のついた大きな飴《あめ》、ロリポップキャンディをいっぱいに抱えた光樹はあまいにおいがした。

「……いっしょに舐《な》めればええんちゃう」

光樹は嬉《うれ》しそうに「なら、そうする」と言った。空滋はラムネ味を選び、お互いに気がすむまで舐めたあと、交換してそれぞれの味を楽しんだ。

（オヤジでも、こんなん、せえへんけど）

光樹の唾液《だえき》のついたキャンディを、空滋はなぜかどきどきしながら舐めた。他人の口にはいったものなのに、すこしも汚いと思わなかった。光樹も、ばっちいからいや、と断るかと思ったが、同じようにごくあたりまえのように、空滋の食べかけの飴を口にいれる。

「やっぱり、食べきれないかも」

「無理せんと残して、紙に包んでおけばええやろ」

うん、とうなずいた光樹のちいさい口にまるい棒つきキャンディは大きすぎて、ほっぺたがまるく膨《ふく》らんで、すべすべしたそれのうえから舐めたいと感じた。

たぶんあの瞬間、空滋が光樹に対して本能的な欲求を自覚した、最初のときだった。

スポンサーからもらったキャンディは、けっきょく食べきれないまま、あれこれ味見してべたべたになってしまったけれど、ひとくちでは食べきれないくらいの恋心は、それからずっと大事に胸にしまわれて、包み紙がひらかれるその日を待ちこがれていた。

＊　＊　＊

「あれ、くーちゃん、電話ですよ」

黒電話ふうのジリリという呼びだし音が鳴り響く携帯をまえに声をあげたのは、光樹の仕事仲間である森丘朝陽《もりおかあさひ》だ。

いつものように仕事あけ、「なんか食べさせて」と押しかけてきた彼は、海《カイ》をかまいつけながらだらだらと床に転がっていた。

ちなみにこの日、光樹は個人仕事の収録が押して、まだ帰宅していない。ほかのメンバーも同様で、たまたま手があいた朝陽だけがこの部屋を訪れた。いくら客とはいえひとに料理をせがんでおいて寝っ転がったままという態度は、空滋の住まうマンションを食事処とでも認識しているとしか思えない。二十歳《はたち》になっても相変わらずの弟キャラで押し通している彼ならではのナチュラルな図々しさには、空滋はもはや慣れっこだ。

「でなくていいの？」

海を腹のうえに乗せたまま問いかけた朝陽のリクエストで、豚バラ丼を作っていた空滋は、せわしなくフライパンをふるいながら「誰から？」と声をはりあげる。

「誰って、画面みていいの？」

「手が離せんから、頼む」

犬と遊んでいた朝陽は、自慢の腹筋を使ってひょいと起きあがり、テーブルのうえに置きっぱなしの携帯を取りあげ、フラップをひらく。

「表示出てないよ、番号だけ」

「……したら、ほかっといて」

空滋の返事にしばし考えたのち「あ、ほっとけってことね」とうなずいた朝陽は、もとの場所へと鳴り響く携帯を戻す。

「くーちゃんの携帯って、着信音デフォルトなんだな。着メロとかにしないの？」

空滋は「音楽とか、ようきかへんから」とあっさり答える。

「えー、せっかくなら俺らの新曲とかにしてよ。ラブバラードだしさ、光樹からの着メロとかにすればいいじゃん」

「いや、それだと気づかんから」

「気づかんって……なんで？」

ベルの音だろうがJポップだろうが、音が鳴るのは同じことではないか。きょとんとした顔になる朝陽のまえに、空滋はできあがったばかりの豚バラ丼を差しだす。転がっていた朝陽は飛び起きて、ダイニングテーブルにすぐ着席した。

「おお、うまそう。いただきます!」

焼き肉のタレで味つけした豚バラを炒《いた》め、白髪ネギとごまをトッピングしたひと品に目を輝かせ、朝陽はさっそくそれをむさぼる。ついでの日本茶を淹《い》れてやりながら、空滋はさきほどの問いに答えた。

「どうも、音楽て耳を素通りすんねん。苦手なんで、ほとんど聞かん」

「えっ、聞かないって、もしかして光樹の歌とかも聞かないの?」

そのとおり、とうなずく空滋に、朝陽は目をまるくする。

「収録とかライブとか、スケジュールはぜんぶ把握してるじゃん。レギュラー番組、ビデオとかも録画してるんだろ。それでなんで中身見てないの?」

「それは必要があって録《と》ってるだけ。ひろみさんに頼まれたし、俺が見るわけやないし」

——光樹の仕事のチェックに使いたいの。できるかぎり録画しといて。

「スケジュールも、あいつの食生活やら、そういうのに影響でるから押さえてるだけの話で、ロケの時間が何時かは知ってても内容はぜんぜん」

「え、ドラマとかも？　最近あいつ、歌だけじゃなくてそっちの仕事も増えてきたけど」

驚く朝陽に「見たことないな」とこれもあっさりと答えた。

空滋はいま口にしたとおり、仕事モードの光樹の姿というのをよく知らない。歌番組やドラマにでることはわかっていてもわざわざ見たりはしないし、CDがでて曲のタイトルだけは覚えていても、ことさら聴きもしない。

「興味ないの？　意外。くーちゃんて、光樹のことはなんでも知ってると思ってたけど」

がつがつと豚バラ丼を片づけていく彼に苦笑してみせた空滋は、向かいの席に腰かけながらエプロンをはずした。

「ちゅうか、光樹がいやがんねん」

「へ？　いやがるって、なにを」

「俺が、テレビ用のあいつを見よるんを」

これでも一時期は、まめにエアチェックをしたり、番組をつぶさに見たり、インタビュー記事を読んだりしていたこともある。けれど光樹にそれを報告すると、ひどく不機嫌になることに気づいてからは、口にすることもやめ、見ることも控えた。そう説明すると、豚バラ丼を食べ終えた朝陽はぬるくなった茶をごくごくと飲み、大きく息をつく。

「俺だったらすっごい見てほしいけどなあ」

「朝陽はそうやろな」

くすくす笑っていると、ふたたび空滋の携帯が鳴った。画面を確認すると、さきほどと同じ番号が表示されている。顔をしかめて「はい」と電話にでた空滋は、しばらく話を聞いていたが「悪い、そういうん興味ないわ」ときっぱり告げてすぐに通話を切った。

「なに、でたくない電話？」

「ゼミの女。共同で提出する課題用に連絡先教えたら、やたらしつこくかけてくる」

いまも遊びの誘いだったと告げると、朝陽は「ああ。口説かれてるのね」と笑った。

大学に進学し、高校時代のようなべったりな人間関係は減ったぶん、ひとづきあいは楽になると思っていた。だが二十歳をすぎた女子連中は、女子高生よりよほど押しが強くてときどき空滋はうんざりする。

「愛想もない男相手に、ようやるわ」

「冷たい感じが素敵、とかってやつじゃないの？　それこそテレビ用の光樹がそんな感じだからね。女の子はある一定時期、そういう男に萌えるんだよね」

そう言う朝陽自身はといえば、やんちゃで明るい弟キャラは維持しつつも、その裏で一癖ある男、というラインにチェンジしようとしているらしい。じっさい、百八十センチを超えた長身の彼は、近年急に苦み走った顔を身につけてきた。

「まあでもねえ、いくらくーちゃんにコナかけても、無駄だろうけど」

「……コナかけるってなにさ」

むすっとした声が乱入し、振り返るとそこには、疲れた顔をした光樹が立っていた。

「おかえり。飯は」

「まだいい。ていうか、なんで朝陽がここにいるの」

思いきり顔をしかめた光樹を気にした様子もなく「うわ、機嫌わる」と朝陽は笑う。それを無視したまま、光樹はすたすたと空滋に近寄り、いきなりぺったりと抱きついた。

「疲れたか？　風呂《ふろ》はいる？」

ぷるぷるとかぶりを振った光樹は、椅子《いす》に腰かけた空滋の膝《ひざ》に乗ったまましばらく無言であまったれていた。この光景にも慣れきっている朝陽は、まったく気にした様子もないまま自分でお茶のおかわりを淹れ、今度は吹き冷ましながらすすする。

「そういう姿見せたら、くーちゃん狙《ねら》いの女なんか誰もいなくなるだろうね」

ギャラリーがいるまえで恋人を膝抱っこした空滋もまた、まるで動じずに言葉を返す。

「それ以前に、べつの騒ぎが起きるやろ」

「ああ、まあ、光樹のこの状態のほうが問題か」

青白い顔のまま目を閉じた光樹は、充電でもするかのように空滋にへばりついて離れない。しばし無言でその姿を鑑賞したのち、朝陽はぽつりと言った。

「くーちゃん、きょうはそいつあまやかしてやって」

「なんかあったん？」

「……きょう、藤生幸典《ふじおこうすけ》がドラマのゲストキャラだったんだよ」

その名前に、空滋は顔をしかめた。朝陽もめずらしく苦い顔をしたのち、言葉を発しようとはしなかった。

膝のうえの光樹をゆっくり揺すってやりながら空滋が問いかける。

「会《お》うたんか」

光樹はしばらく無言でじっとしていたが、ややあってこくりとうなずいた。

「話、したか」

「共演者としてだけ、ね」

芸名、藤生幸典、本名藤代康介《ふじしろこうすけ》は、光樹のじつの父親だ。デビュー当時はあまい二枚目で有名だった彼は、現在では演技派の大物俳優として活躍している。

その彼と、光樹との親子関係は公表されていない。業界内では公然の秘密扱いになっているが、光樹の生まれた年齢から逆算すると、いろいろ世間的にまずいこと——年齢詐称の問題や、その当時、光樹の母親以外と関係があったことなどが知れ渡ってしまうからだ。

「今回も藤代くんは芝居《しばい》をするそうで。どんなふうになるのか、楽しみです、だってさ」

皮肉った声でようやく胸の裡《うち》の片鱗《へんりん》を打ち明けた光樹に、空滋は頭を抱えてうめきたくなった。

家庭人としてより芸能人としての人生を選んだ彼は、息子の光樹をこの業界に引きいれ、使える子役として売りだすことには積極的だったが、ふつうの父親の役割を果たすことはなかった。母親もまたおなじくで、光樹には家族らしい家族はいないに等しい。

お互い、きらっているわけでもなんでもない。すでに感情など枯れ果てて、なんとも思わないと光樹は言うけれど、間近に顔を見れば複雑なものがあるのはしかたがないことなのだろう。

(ま、それもあたりまえか)

持ち前の演技力がすさまじいのか、藤生幸典は光樹が目のまえにくるとつねに『はじめて出会った、若手の役者』というスタンスで話しかけてくるのだそうだ。

さすがに、親がそこまでして保身に走るさまというのは、空滋とて見たいものではない。なんの慰めもできず、いつものように黙ってそばにいるしかない。

長いこと黙りこんでいた光樹は、ふうっと長い息をついた。

「ね、くーちゃん」

「うん？」

「俺、独立戸籍とろうと思うんだ」

最初から、親はいない。そう思っていればすむ話が、へたに存在するからもやもやする。だったらもう、書類上だけでも切り捨ててしまいたいと考える光樹を空滋は咎《とが》めない。

「光樹の好きにすればええんちゃう？」

本心からそう告げると、ようやく光樹が顔をあげた。

「くーちゃんちの子になれればいいのにな。……おじさん、元気？」

「ああ。なんとか嫁さんにも逃げられずにやっとるらしい」

空滋がまだ高校生のころ、大阪《おおさか》への単身赴任が決まった父親は、無事にしっかりものの嫁を見つけることができた。いまいち頼りないながら、空滋といっしょになって、実の両親よりよほどかまってくれた空滋の父を光樹も慕っていて、結婚式にはこっそり参加し、祝いの曲を歌ってくれたほどだった。

あとにもさきにも、空滋がまともに光樹の歌を聴いたのは、あの式のときくらいだ。興味がないわけではないし、いい声をしているとも思う。だがほかならぬ光樹が、芸能人としての『藤代光樹』には興味を持ってほしくないのだ。

日本中に顔が知られていて、容姿を、声を、演技力を求められる彼は、商品としての自分の価値を知っている。だから仕事の場では手を抜かないし、対価を払うだけのエンターテインメントであるべく、精一杯の努力をする。

その反動のように、空滋とふたりだけの時間では、なんの役にも立たない自分でもいいのかと、たしかめるようにあまえてくる。

幼いころ、ひと抱えのロリポップを持って「あげる」と告げたときと同じ。ＣＭのなかで笑っている少年ではなく、オフモードの、大きな飴を食べきれない不器用な光樹を見ていてほしいと彼は願っている。

「なあ、光樹」

「……んー？」

「ほんまに梶尾んちの子になるか？　オヤジに言うたら、養子にくらい、あっさりいれてくれるて思うぞ」

光樹はぱっと顔をあげた。その目は、そうしたい、そうしてほしいと訴えていて、けれど彼は力なく苦笑し、まなざしと裏腹の言葉を口にした。

「そんなの、無理だよ。どっかから話漏れたら、面倒なことになる」

「委任状書いて、こっそり書類だけだせば、わからへんやろ。もう二十歳になったし、自分で好きにできるんちゃうか？」

「そうかも、だけど、でも……ううん、いい」

ふるふるとかぶりを振って、光樹はまたぺったりと抱きついてくる。

「くーちゃんと兄弟になっちゃうのは、それはそれで嬉しいけど」

本当になりたいのはそれじゃないから。吐息だけの声で言った光樹を抱きしめ、きれいな髪に唇を押しつける。

「日本にパートナーシップの条例とか法律できたら、きみらまっさきに籍いれそう」

ぼそりと言った朝陽に、空滋は照れるでもなく言ってのけた。

「なん、まだおったん?」

「無視しないでー。最初からいましたよ。でも濡《ぬ》れ場見る気はないので、これにて退散いたします」

ふざけた口調で言いきって、残りの茶を飲み干した朝陽は立ちあがる。「ごちそうさんでした」と、食べ終えた丼を流しに運んで手早く洗った。

「そんじゃ俺、帰るね」

「おう、またな」

そうして挨拶《あいさつ》を交わす間も、光樹は空滋の膝から降りようとせず、また胸に埋めた顔をあげようともしなかった。

朝陽はまったく気にした様子もなく、キャスケットをかぶり、サングラスをして簡易な変装をすませると「よろしくね」とちいさな声で告げて部屋を出ていく。

静かになった空間で、空滋はただじっと光樹を抱きしめ続けた。

ゆらゆら、彼のためだけのゆりかごになっていると、三度目の電話が鳴った。画面表示だけを確認した空滋は、とりあげることもないまま通話を切り、電話の電源を落とした。

「？　でんわ、いいの？」

「同じゼミの女からなんで、ほっときゃええし」

光樹はそのとたんに空滋の携帯を掴《つか》み、その後なにか熱いものでも触っていたかのような勢いで、携帯を放り投げた。ごつっと音がして、高級フローリングに傷がついたかもしれないと空滋はあわてる。

「こら、光樹」

「番号、変えて！」

いきなり叫ぶように言った光樹に、空滋のたしなめの言葉が宙を浮く。

「女のひとから、とか、電話はいるのやだ。くーちゃん、電話変えて」

「ええよ」

無茶を言った光樹のほうがぎょっとしたような顔で見あげてくる。空滋はなんでもない顔で、「光樹が言うなら」と笑う。

「べつに受けたくて受けてる電話ともちゃうし。ゼミの連絡はパソにメールしてもらえばすむし。んで、光樹専用の携帯だけ持つ。これで解決や」

「なに言ってんの、だめだよ！」

立ちあがろうとした空滋をがっしりと捕まえて、光樹は叫んだ。そのあとあわてて、自分が放り投げた携帯を拾いにいき、差しだしてくる。

「ごめんなさい、やつあたりだから。そんなことしなくていいから」

「さっきの電話、デートの誘いやぞ。断っても断ってもしつこくしてきた。そんなんとつながってて、ええの？」

空滋が言うと、光樹はぐっと唇を噛《か》み、それでも携帯を「んっ」と突きだした。空滋はその手ごと、自分の手で包みこみ、光樹を引き寄せるとキスをする。そっと触れて離すだけの口づけだけで、光樹の息はすぐにあがった。

「光樹が捨てろ言うなら、ぜんぶ捨てる」

「空滋……」

「言うてええなら、いまからでも俺は彼氏いるて宣言するし」

上気した頬《ほお》へ唇を寄せ、流れていない涙のあとをたどるように舐めた。

「それが藤代光樹や言うたら、間違いなく頭オカシイて噂《うわさ》になるやろけど」

「そんなこと言わない」

本当にいちばんしてほしいことや、いちばん欲しいものは自分から口にしない光樹は、潤《うる》んだ目で顔をしかめて「だから空滋もしないでいい」とかぶりを振った。

「ふつうにしてて、くーちゃん。俺ができない、ふつうのことしてて」

「光樹が、そう言うなら」

もう一度唇をあわせ、遠い日にキャンディを介在して知った光樹の味を、思うさまむさぼる。

ふつうのことになど興味もない。光樹だけのために生きていて、彼の言うことならば、どんなばかばかしいことでも空滋は黙って従うと決めている。

だから電波や印刷物、光ディスクに記録された『光樹』を、本当は見たくても聴きたくても、我慢してしまうことも簡単にできる。

舌をいれると「んふ、ん」と光樹が喉《のど》声をあげ、細い腰を揺らして絡みついてくる。

これを味わうためになら、なんだって差しだせるし、ほかに欲しいものなどない。

空滋だけのあまいあまいロリポップは、舌が溶けそうな声で「だいすき」とささやいた。

爪先キャンディ

——だいすきなひとがいました。そのひとと、ずっとずっといっしょにいる方法を考えて、考えて、ちいさなお店をいっしょにやっていく、そんな夢をつくりあげました。

そんな子どものおとぎ話は、大抵、夢に終わりましたと続くものだ。

瞬間風速の、十代の恋。好きだと言ったほんの一週間後、なにかが違うと相手に幻滅したり、理想と現実のギャップを知ったり。

予定していた未来が訪れたいま、思い描いていたビジョンとは合致しない。そんなことは、大人の大半は知っている。

残念ながら、その『大半』のなかに、自分がはいっていなかっただけだ。

「……こんなはずじゃ、なかったのに」

自宅マンションのリビング、ソファのうえでまるくなった藤代光樹《ふじしろみつき》は、悔しそうに唇を噛《か》んでうつむいた。

目のまえにいる、最愛の男が浮かべた苦い顔を見たくはなくて、ほっそりした手を何度もきつく握りしめた。

「いっしょに、店やって。くーちゃんと、しあわせになりたかったのに」

「二十七歳にもなって、そんなばかな夢を見てるほうがどうかしてる」

冷たい声音は、かつてのような方言混じりのものではない。大事にしてやると、好きだと、夢のようなやさしい告白をくれた十年まえよりずっと太く低くなり、自信に満ちた男のものへと変化した。

「ばかって言った。関西人はばかって言わないのに」

あまくたしなめる『あほ』という口癖が大好きだったのに、もういまの彼の口からそんな言葉を聞けることはめったにない。

「くだらない話でごまかすな。もういいかげん、現実見ろ、光樹」

ちらりとうつむいていた顔をあげると、長身の彼の胸元が見えた。きっちりと締められたネクタイに、すぎた時間と空滋《くうじ》の変化を思い知らされ、息がつまった。

「いやだよ、離れたくない」

「だだをこねるな。おまえが選んだことだろ」

厳しい声に、ぐっと光樹は唇を噛む。「だって、だって」と子どものように繰り返し、もぞもぞと自分のシャツの裾《すそ》を意味もなく揉《も》んだ。

「だって、海外ロケなんて聞いてないよ！」

「言った。おまえが都合よく、右から左に聞き流しただけだ」

癇癪《かんしゃく》を起こした光樹に対して、空滋はにべもなく言って携帯端末のスケジュール表を開き、ハードなスケジュールを読みあげた。

「ともかく、あしたからロマンチック街道たどりつつロケ、そのついでに旅番組とスチール撮影とインタビュー。次のロケ地のミラノで現地スタッフと顔あわせして、ロケハンに合流。そのままイギリスの湖水地方まわって、リバプールで撮影ラスト。今回は監督が韓国から現地入りになるから、一秒たりとも動かせないぞ」

スーツにメガネ、冷酷なマネージャーの顔になった空滋の言葉に、光樹は「でもぉ」と口を歪《ゆが》めるが、彼は容赦《ようしゃ》がなかった。

「権賢洙《クォンヒョンス》監督の映画、大好きなんだろう。繰り返しテレビで言ったおかげで今回のオファーもきたんだぞ」

クォン監督の映画は映画通の知りあいに勧められ、日本で有名になるずっとまえから好きだった。前衛的な映像美が特徴的な作品が多いが、ストーリーとしてはさほど難解でもなく、哀愁と情感の漂う作風は単純に憧《あこが》れだった。

今回は、かつて軍人として活躍したが同僚でもあった恋人を失い、いまは心破れた男があちこちの国をさまようというロードムービー。いく先々で危うい事件に巻きこまれ、自分の命が狙《ねら》われているという妄想に陥《おちい》りながら、恋人そっくりのミステリアスな青年に救いを見いだす、という展開らしい。

文化的な映画賞にノミネートされたりはしても、日本ではおそらく興行的に大成功、という作品にはならないだろう。単館上映とＤＶＤ発売が関の山だ。

「どうせ、一部のマニアしか見ないような映画じゃん……」

「へえ。光樹はいつから、そんな商業主義になった？」

冷たく指摘されると、ぐうの音もでない。だが微妙な気分でいるのはむろん、べつの理由もある。

劇中、主人公の亡くなった恋人は女性で、光樹はそれにそっくりな青年役だ。キャストも納得で、恋人役の香港女優エミリー・ライと、光樹の顔立ちは驚くほどよく似ていた。撮影中はメイクなどで顔立ちをさらに似せるため、ほとんど双子のような見栄えになるはずだ。

「顔オファーじゃん、こんなの」

「逆だ。光樹の顔に似た女優探したって話だぞ」

ほんとかよ、と光樹は幼馴染《おさななじ》みでもあるマネージャーを睨《にら》みつけた。

むろん、その映画に自分が脇《わき》役といえど出演するとなれば、嬉《うれ》しいと思うし光栄だ。しかし、よもやの展開だと感じているのも事実だった。

「だってこんなことになるとか、思ってなかったし。くーちゃん、いないんだろ。俺ひとりなんだろ」

「必要ないだろ。花岡《はなおか》さんはとっくに現地にいって待機してる」

チーフマネージャーの彼女がいるのに、なにが必要か。正論を返され、うぐぐ、と光樹は顔をしかめた。空滋は深々とため息をつく。

「俺がいないからなんだ。あのジェイムズ・ギャラガーが主演の映画だぞ」

近年、日本でも放送された海外ドラマで人気のハリウッドスターの名前をあげられても、なにも光樹は嬉しくなかった。もちろんいい俳優だとは思うが、べつに入れこんでいるわけでもない。それより大事なことがあるからだ。

「くーちゃんと三カ月もべつべつになるなんて……」

「いままでもその程度はバラけて仕事してただろ。いちいちロケについていったわけじゃなし」

「でも」

「おまえ、このどでかい仕事と俺と、どっちが大事だ?」

いちいち言わせる気か、と光樹は空滋を睨みつけた。けれど本音を話せばどやしつけられるだけだとわかっている。無言の抗議を視線に乗せると、空滋は深々と息をついた。

「なにがそんなに不満なんだ」

「ぜんぶ」

もともとオフをとると宣言していた三カ月に、休めるどころじゃない仕事を突っこまれたこと、やめているはずだった仕事をずるずる続ける羽目になっていること——恋人だったはずの男がもう、ずっと自分にはマネージャーの顔しか見せてくれていないこと。

「……仕事が不安なら、春《はる》さんにでも相談してみるか？」

気遣うような声にもいらいらしながら、光樹はかぶりを振った。

水地《みずち》春久《はるひさ》。十年まえ光樹たちグループのリーダーだった彼は、年齢と自身の方向性を吟味したあげくアイドルをやめ、小劇場系の劇団に所属する役者となった。

若手監督の映画で主役として起用されたことがきっかけでブレイクし、現在では演技派俳優として映画やドラマで活躍している。Ｊポップアーティスト『ライフライン』のリーダーだったことを知っている人間のほうが、いまとなってはすくないくらいだろう。

「それじゃ、天《てん》さんとか、森丘《もりおか》くんとか」

「どっちも忙しいのに迷惑だろ」

現在、小野塚《おのづか》天《たかし》は大学卒業後に自分で興したＩＴ系企業の社長となった。森丘朝陽《あさひ》にいたっては、作りにまわるほうが楽しくなったと宣言して、映像スタッフの下っ端として元気にかけずりまわっている。

「なんで、いちばんやめる気満々だった俺が、芸能界ずっぽりなんだよ……」

「ほかにできることがないからだ」

ずばりと言い当てられ、光樹は膝《ひざ》を抱えた。

足下には、クッションを重ねたうえですかすかと眠る海《カイ》の姿がある。もうすでに十歳を越えた海はおじいちゃん犬で、暇さえあれば寝てばかりだ。つやつや黒かった毛もところどころ白いものが混じるようになっている。

「光樹。おまえは芸能人なんだよ。自分が好きだきらいだじゃなく、そうとしか生きていけないんだ」

「……ちがうもん」

「なにも違わない。そういうふうに生まれついて、それしか能がないんだから、あきらめて仕事をしろ」

あきれたようにため息をついて、メガネを押しあげた空滋の左手にはリングがはまっている。それを見ているだけで胸がぎゅうっと絞られて、光樹はこみあげてきた涙をこらえた。

顔を覆った両手のどこにも、揃《そろ》いのリングは存在しない。あれは、『誰か』が空滋につけた所有の証なのだ。

（くーちゃんが結婚したのは、いったいいつだったっけ？）

もう、頭がぼんやりして、なにも思いだせない。なによりそんな痛いこと、考えたくもなくて目をつぶった。

なにもかも、うまくいかない。夢にみたとおりのことなんてひとつもない。

「くーちゃんは……」

「その呼びかたも、もうやめろ」

ぴしゃりと言われて、光樹は唇を噛んだ。空滋はまた、あきれたようにため息をつく。それが聞こえるたび、胸のなかでどんどんなにかが死んでいく気がした。

こらえようとした涙が、閉じた瞼《まぶた》からはらはらと流れ落ち、空滋はいらだったように舌打ちをする。

「泣いても状況は変わらないんだ。俺と離れてひとりで働け光樹」

「やだ、そんな、くーちゃん……」

すがるように伸ばした手、空滋はまったく届かない。ただ冷たくメガネのフレームが光る。

「あまえるな。もう俺とおまえは仕事の関係だけなんだ。それでも俺との縁を続けたければ働け、働け、働け働け働け働け――」

うわん、うわん、と空滋の冷たい声が頭をめぐり、光樹は耳をふさぐ。

「もう、やだ。やだよ、いやだ――！」

＊　＊　＊

「光樹、どないした、光樹！」

「いやっ、やだ！　きらいだ！　空滋なんかだいっきらい！」

肩を揺すられ、光樹はその手をはじき飛ばした。そして反動の痛みと、自分の叫んだ言葉にはっとなり、目を何度もしばたたかせる。

ソファにいたはずが、いまは薄暗い寝室のベッドのうえだ。しかも見覚えのない、ホテルの部屋。まだ目覚めきれない目をしばたたかせると、ぼたぼたと涙が落ちていく。

ため息が聞こえ、びくっとした光樹の頬《ほお》に、大きくあたたかい手のひらがふれた。

「起き抜けに、きらい、はないやろが。どない夢見とったんか知らんけど」

「……ゆめ？　ねてた？」

しぱしぱとまばたきをすると、スーツ姿の空滋が「おいおい」とため息をつく。けれどこのため息はすこしも怖くなくて、あれ、と光樹は目をまるくした。

「ボケとるなあ。夢見悪かったんか。ほら、ちょっと起き」

ベッドサイドに腰かけた空滋が、光樹の細い身体をすくいあげるようにして抱きしめてくる。あやす声は、大阪《おおさか》を離れて二十年経《た》っても抜けない関西弁だ。

あれ、あれ、と寝ぼけた頭で光樹は考えた。

「くーちゃん、ここどこ」

「どこて、リバプールのホテル。本気で寝ぼけとるなあ。時差ボケ、いまごろきたんか」

苦笑する空滋に言われて、周囲を見まわした。

オーガニック食材を売りにしたダイニングが有名なホテルは、メゾネットスイートの室内にも自然木を使っていて、ほっと落ちつくような雰囲気がある。

視界にはいったテーブルのうえには、撮影時の脚本や自分のメモが散らばっている。

じわじわと脳が動きだし、光樹は現状を認識した。

ジェイムズ・ギャラガーが主演の、権賢洙《クォンヒョンス》監督の映画にでるのも本当。香港女優エミリー・ライにそっくりなのも、ドイツ、イタリア、イギリスを股《また》にかけたロードムービースタイルなのも、夢と現実の共通点だ。

ただし空滋はやさしくて、ぼうっとしている光樹をずっとやさしく抱きしめてくれている。髪を梳《す》く手のあまさ、ときおり軽い身体を揺する動きも、夢のような冷たさのかけらもない。

「ま、ボケてもしゃあないな。ずーっとぶっつづけで、あちこち巡って撮影やったからな。がんばったな」

よしよし、と頭を撫《な》でられ、つむじに唇を落とされた。広い胸に抱かれ、落ちついた鼓動の音を耳にしていた光樹は、頭を撫でる左手をはっと握りしめた。

「く、くーちゃん、指輪」

「ん？　ちゃんとしとるやろ。光樹がつけろつけろ言うから」

くすくすと低い声で笑った彼の薬指のリングを、光樹は焦った手で引き抜く。

「あ、こら」

たしなめる声が聞こえたのも無視して、幅広のリングの裏を見た。

『From M to K』——控えめだけれど、しっかりと自己主張する刻印がそこにはあった。

確認ののち空滋を見つめると、彼はふっと微笑《ほほえ》み、光樹の左足の薬指に触れた。

「光樹のも、ちゃんとここにある」

空滋のものと意匠が同じ、トゥリング。めったに他人の目に止まらない場所であれば、ファッションリングだとごまかせるからと言いはったのも自分だった。

裸足《はだし》の甲を撫でる手は、ときおりくるむようにして、悪夢のせいで冷えきった爪先《つまさき》をあたためてくれている。いつでも自分を眠らせてくれる空滋の大きな手を見つめていると、じんわりと瞼が熱くなった。

「くーちゃん、空滋。おれのことすき?」

「あほ。寝ぼけとんのか」

ぶっきらぼうな声に雑《ま》ぜ返されて、光樹はほっとしながらつぶやく。

「……くーちゃん、あほって、言った」

「言うわ、あほ。いきなり恥ずかしいこと言うからやろが」

ぺし、と頭を叩《たた》かれて、もうすこし思考がはっきりしてくる。

おおむねは現実に即していたが、不安のあまりの想像がごちゃごちゃになっていた夢から覚めて、光樹はほうっと長い息をついた。

「あほでもなんでもいいから、好きって言って」

しがみつくと、倍の強さで抱いてくれる広い胸。肌触りのいいネクタイに頬を押しつけると、花岡から身だしなみにつけろと言われ、習慣になった彼の香水の、ラストノートがあまく鼻腔《びくう》をくすぐった。

空滋のにおいで肺を満たすように、深く息を吸って、吐く。震えているそれはごまかせず、空滋が肩を撫でながら気遣わしげな声を発した。

「……おまえ、大丈夫か?」

光樹はかぶりを振って「だいじょぶじゃない」とつぶやいた。

「だから言って、空滋。すっごい怖い夢みた。すっごく……」

シャツが皺《しわ》になるのもかまわずにしがみつくと、ベッドに倒され、なにもかもから護《まも》るように深く抱きしめられる。耳元で、めったにあまいことを言ってくれない彼の「好きだ」が聞こえたとたん、光樹はまた涙ぐんだ。

「くっちゃくちゃの顔してからに。ミステリアス・ビューティーの名前が泣くぞ」

「……そのキャッチコピーきらい」

とある雑誌で光樹の特集が組まれた際つけられた、大仰なアオリ文句は恥ずかしくてたまらなかった。

「芝居《しばい》の話とか音楽の話してるときは、すっかり大人の顔するくせに」

アイドル時代からクールな美少年を売りにしてきた光樹は、いまだにバラエティなどにはあまり顔をださないけれど、インタビューなどではそこそこ答えることくらいできる。ある意味、仕事中はずっと役を演じているようなものだからだ。

光樹が唯一素顔をさらせるのは、いまも昔も空滋の腕のなかでしかない。だから、それを取りあげられたらと思うだけでこんなに怖くなる。

「どんな夢見た？」

頬を何度も指で拭《ぬぐ》ってくれる彼にあまえて「くーちゃんが冷たい夢」と光樹は答えた。面食らった顔をした空滋は「冷たいてなんや」と目をしばたたかせる。

「関西弁、まったく話してくれなくて、俺のこと、ばか、ばか、って言って」

「はあ⁉　言うたことないやろ、それは」

やっとまともに働くようになった頭のおかげで事実を思いだし、「うん、ない」と光樹はうなずいた。

空滋が仕事で関西弁を控えるようになったのは、標準語でなければまともに話を聞こうともしない、お偉いひとたちへの対策だった。そしてマネージャーになったのは――けっきょく事務所を辞めることのできなかった光樹のだめっぷりを見かねて、花岡が『どうしても』と頭をさげた結果だ。

「そんで、左のリングが、……俺とお揃いじゃない、やつで」

厳密にはデザインまで覚えているわけではないけれど、『夢のなかで事実と思っていたこと』をはっきり口にするのが怖くなり、光樹は声を震わせながらそうつぶやいた。

「俺は、それ、してなくて。み、見せつけるみたいにされて、その……」

「はあ?」

あいまいな言葉ながら、正しくその意味を理解した空滋は、わずかに身を起こし、怒ったように目をすがめる。びくりとしながら、ここまできたら言うしかないと、光樹は被害妄想極まる夢の内容を暴露した。

「仕事しろ、働け、俺はいらないだろって、標準語でメガネかけたくーちゃんがずっと怒って……」

「待て、メガネてなんや。俺、両目一・八あるぞ」

そこから違うだろうと言われ、光樹は「そうだけど」ともぞもぞした。

「もう、くーちゃんって呼ぶなって」

「まあ、そら、ひとまえではやめとけ言うたけど」

べつにふたりきりのときには禁じていないだろう、と空滋は眉《まゆ》をひそめた。額を彼の鎖骨に押し当て、ぐりぐりしながらネクタイをいじり、光樹は拗《す》ねたようにつぶやく。

「ロケもひとりでいけって、冷たくて」

「はあ?」

「俺とおまえは仕事の関係だけなんだから、……縁切れるのがいやなら、働けって。どでかい仕事と俺と、どっちが大事だって」

「……はあ⁉」

さっきから何度目かわからないその反応に、光樹はだんだんばつが悪くなってきた。そして空滋はかなり本気で腹を立てはじめている。

「おまえ、なんでそこまで事実と真逆の夢見て、泣くん⁉　メガネかけてへんし、ばかやら言うた覚えもないぞ」

夢で見た会話の一部は、現実にこの仕事がはいったときのものと同じだった。

ただし、ごねた自分の発言はまるっとそのままでも、空滋の反応は夢と正反対のものだ。

「映画のロケいきたくない言うたから、降りてもええて言うたよな。で、悩みまくったあげくにやっぱりやりたいて言うたのは光樹やろ」

「……です」

「指輪はおまえと揃いの、わざわざ俺が買《こ》うてきたし、ロケの同行も最初から俺がいく、そうでなきゃ却下て、ちゃんと花岡さんに言うたの、聞いてたやろが！」

彼の言葉どおり、この映画の三カ月の撮影期間中、空滋はどこへいくにもいっしょで、ずっとそばにいてくれた。いやな顔ひとつ、見せないまま。

それがどれだけありがたく、また申し訳なかったことかと、光樹は涙目になる。

「怒んないでよっ。でも夢ではそうだったんだもん！　すっごい、すっごい哀しかったんだよ！」

「はー……」

あきれかえった空滋は、脱力したように光樹のうえにのしかかってくる。

重たかったけれど文句を言える筋合いではなく、光樹は大きな身体にしがみつきながら「ごめん」とささやいた。

「自分でも、わけわかんない。なんであんな夢みたんだろ」

「……春さんあたりなら、なんぞ分析してくれるかもしれんけどなあ。不安が深層心理に影響して、どうとかこうとか」

三十代半ばのベテランになった春久は読書家で、芸能界きっての知性派としても有名だ。演技の役に立つかもしれないからと、数年前に入り直した大学では心理学を専攻していたらしい。

だがその春久に分析してもらうまでもなく、光樹はそれが自分の内面からくるものだとわかっていた。

「……ごめんね、くーちゃん」

「ん？　なにがや」

「ぜんぶ、俺のわがままで、くーちゃん振りまわしてきちゃった……」

行きがかり上とはいえ、責任感の強い空滋が光樹の面倒をみることを途中でやめられるわけがなかった。しかも花岡に資金援助までされ、再三頭をさげて「光樹をお願い」と頼まれて、断れるような彼ではない。

進路や生きかたまで、自分にあわせさせるつもりはなかったのに、けっきょくこんなことになってしまっている。

「わがままって、おまえは俺の好きにしろて、何度も言うてたやろ」

空滋はそう言うけれど、光樹はかぶりを振ってみせる。

「そう言えばくーちゃん、いっしょにいてくれるのわかってた」

好きにしてくれていいと言いながら、そばを離れることは許さなかった。寂しげに告げれば、やさしい彼が自分を見捨てないと知っていて、そう振る舞ったのだ。

「あざといんだよ。どう言ったらくーちゃんが、やさしくしてくれるか知ってたもん」

「光樹……」

「ごめんね。ほんとは……俺にくっついてくるんじゃなくて、ほかに、仕事とか、選べる道もあったのに」

耐えられなくなって、光樹は自分の顔を両腕で覆った。唇だけは笑みの形に歪んでいるけれど、目を見られたくはなかった。

空滋は強引に腕を引き剥《は》がそうとはせず、身体を起こした。離れた距離がひどく寒々しく感じられ、光樹はぶるりと震えた。

「キタザトプロからの引き抜きの話、知ってたん?」

「うん。ロケにでる、直前に聞いた」

「じゃあ、見合いの話も?」

こくり、と光樹はうなずく。

業界最大手の芸能事務所、キタザトプロと光樹の所属する事務所は比較的懇意で、仕事上の絡みも多かった。

スケジュール調整や打ちあわせ、企画会議などで空滋が出向くことも多々あり、そのときに彼がキタザトの社長にずいぶん気にいられたらしい、と花岡から聞いていた。

――もうすっごいのよ、お気にいり。あそこの社長、古くさい頭してるから、梶尾《かじお》くんみたいな義理堅いタイプが好きなのよねえ。

――娘婿にどうだとか、冗談めかして言ってたけど……。

それを聞いたとき、自分がどんな顔をしていたのか光樹は覚えていない。

花岡はたぶん、空滋と光樹の関係には気づいていると思う。というより、ここまで依存しきっていて、ふつうの関係だと思われていたらそのほうがおかしい。それでいて口をだしてこないから、黙認というところなのだろうが。

「見合いの日取り、本当は、きのうだったんだろ」

「……俺、ここにおるぞ」

それが自分の選択だと告げた空滋に、「だからだよ」と光樹は力なくつぶやいた。

「だから、ついてきてって言いはったんだもん」

「光樹」

「俺の仕事なら断れないだろ。角も立たないし、キタザトの顔もつぶさないし……浅知恵だってわかってるよ。だってどうせ日本に戻ったら、『じゃあまた機会をあらためまして』とか言われ――」

卑屈に笑っていた唇が、やわらかいものでふさがれた。すこし痛いくらいの、強い口づけ。顔を覆っていた両腕も同時にはずされ、両手首を握ってシーツに押しつけられる。

「ほんまもんのあほやろ、光樹」

低い鋭い声に、光樹はびくりとなった。

「くーちゃ……」

「なんでもかんでもおまえのせい？　おまえが言うたからそのとおりにした？　いまの

キャリア、俺がどんだけ努力して作った思ってんねや」

うえから睨みおろされて、光樹は唇を噛みしめる。

「仕事も生きかたも俺の選択で、俺の意志でここにおることまで全否定か」

「あ……」

空滋の現状は自分のせいだと考えていた。けれど、裏返せば自分のためにいてくれるのだと思いこんでいたということだ。

単純に、空滋が芸能マネージャーをやりたくてやっている、という考えは、光樹のなかにはなかった。

「どんだけおまえの言いなりやと思ってんねん。ひと舐《な》めんのもたいがいにせえよ」

「ご……ごめんなさい」

うぬぼれるなと言われた気がして、すっと鳩尾《みぞおち》が冷たくなった。そして恥ずかしかった。

「俺の言うてる意味、わかってへんな?」

「ごめ……俺、ばかで……」

押さえつけられたまま目を伏せ、自身の傲《おご》りたかぶった考えに情けなくなっていると、もう一度唇が重なってくる。

やさしく吸って、離れて、空滋はふうっと息をつき、濡《ぬ》れた目元を舐める。

「俺の選択で、俺の意志でここにおる。まだわからん？」

「だから、仕事については、俺よけいな……いたっ」

ぶにっと頬をつままれて、光樹はちいさく悲鳴をあげる。空滋は深々とため息をつき、その手を離した。

「なにが手段で、なにが目的か、や。そこ取り違えんな」

「え……」

ひりひりする頬をさすりながら目を見開くと、空滋はふっと笑った。

「俺は、おまえといっしょにおるためなら、どこにでもいくし、なんでもする。悩んでぐるぐるしてもええけど、それだけはわかっとけ、あほ」

「くーちゃ……」

やさしく叱《しか》られて、息が止まりそうになった。溢《あふ》れそうな涙をこらえてじっと見つめていると、空滋がため息をつく。

「考え違いすんな。俺がおまえのもんなんやのうて、逆やからな」

「……はい」

傲慢《ごうまん》にすら響く言葉でこんなに救われる。幸せでめまいがした光樹が目をつぶると、なんだか手首に妙な感触を覚えた。

「……え？」

目をしばたたかせて見あげると、片手でネクタイをほどいた空滋が、押さえつけた手首にそれを巻きつけはじめる。え、なんで。展開がよくわからず、光樹はぽかんとなったまま、抵抗もしなかった。

「くーちゃん？」

「なんや」

「えっと、これ、なんですか？」

「なんやと思う？」

無事に両手を縛りあげ、ご丁寧にもベッドヘッドの柵《さく》へとくくりつけた空滋は、寝転がった光樹の腹のうえにどかりと座った。さすがに重くて「うぐっ」とあえげば、剣呑《けんのん》な顔でにやりと笑う空滋が腕組みして見おろしてくる。

「海外ロケで、監督も主演俳優も大物で、プレッシャーもあったやろ。強硬スケジュールにも疲れとるんやろし、まあ、いろいろ、大目に見たろと思ってたんやけどな」

平坦《へいたん》な声で言いながら、空滋は光樹の着ていたパジャマのボタンをはずしはじめる。

「……え、え？」

「うなされとるから起こしてやろうと思ったら、いきなり『きらい』て叫ばれて」

すっかりはだけた上半身をじっと眺めおろされ、外気に触れたのと視線のせいで、光樹の乳首が硬くなった。それを、長い指がぴんと弾《はじ》く。

「いたっ」

「夢のなかにでてきた、ダレか知らんけど俺みたいいのんに冷たくされたから言うて、泣くしごねるし」

「ご、ごめんなさ……いたっ、痛いっ」

ぴしぴしと弾いたあと、今度は周囲の肉ごとつまんできつくつねられる。感覚としては痛みしかないのに、どっかりと空滋が座った腹のすこしうしろ、股間《こかん》のあたりがじんじんした。

空滋は、さきほどまでの包みこむようなまなざしとはまるで違う種類の笑みを浮かべ、光樹を睥睨《へいげい》した。

（ええと、これは、ええっと）

もしかして、本当はものすごく怒っているのだろうか。気づいたときにはもう遅く、逃げられないままの光樹は完全にいたぶられる立場になっていた。

「まったくほんとに、おまえはあほや。卑屈ぶって意味わからんことは言うし」

「だ、だってそうだし……あっ、やだ空滋、それいやっ」

「やかましい。俺を疑うとか、なに考えてんねん」

「うあっ、やんっ！」

弾いてつねっていたぶっていた乳首を、親指の腹でぐっと押しこむようにされ、ぐりぐりと揉《も》んでいじられる。光樹が弱い愛撫《あいぶ》を知り尽くした指の、絶妙な力かげんに腰が痺《しび》れた。

「オフもつぶれて可哀想《かわいそう》やし、慣れん仕事で落ちつかんやろし、セックスも控えて体調管理につとめてやったら、勝手に不安になりくさって。なんやそれは」

「あんっ！　あ、ひ、引っぱらないで」

きゅうう、とつまんで揉まれる。痛いのに、いやなのに、腰がじんじん重くなり、光樹はのけぞった。空滋はひんやりした笑いを浮かべ、手を止めない。

「いらんことしいの見合いジジイから逃げるために、花岡さんはこのロケに俺をいかせる予定にしてくれはった。もともと俺も見合いなんぞまっぴらやったし、光樹とおれるからOKした」

淡々と言いながら、空滋は光樹のうえで腰を揺する。突きあげるときと似たリズムに、光樹は頭がぼんやりしてくる。

「だいたいおまえ、本気で三カ月も俺なしで、いられると思っとんのか？」

「……お、お説教するなら、いじるのやめてよぉ」

乳首をいじめながら、乗っかった腰をずらして微妙に揺するのもやめてほしい。怒っている空滋の股間は、スラックス越しでもかなりすごいことになっているのがわかる。

ごくん、と光樹は喉《のど》を鳴らした。気づいた空滋が目を光らせる。

「本気で反省したってわかるまで、抱いてやらん」

「えっ、やだっ！」

反射的に叫ぶと、空滋はにやりと笑い、光樹は赤くなって目を逸らした。

「いやなん？」

「……いま、そう言った」

「ふうん。やりたい？」

卑猥《ひわい》にひずんだ声でからかわれ、もじもじと爪先をシーツにこすりつけてしまう。

（わかってるくせに、意地悪だ）

光樹は、空滋とのセックスが好きだ。それは十年まえからずっとそうで、いまだに飽きたらず求めてしまう。

はじめて空滋と肌をあわせたとき、どうしてもつながりたくてがんばった。

痛くて痛くて、それでも我慢してやっとさきがはいるだけだった。それでも気持ちは満ち足りていたから、感動だけで達することができた。

だが、穏やかなようでそのじつプライドの高い空滋は、それでは不満だったらしい。初体験のあと、勉強家の彼は徹底的に『そのこと』についての知識を仕入れた。前準備、ふだんのケア、挿入時の注意事項、アフターケアも当然。もともといれる器官ではないのだから、丁寧すぎるほど丁寧に扱って当然だと、彼は恥ずかしがらずに主張した。

十歳のときにはすでに光樹を抱きたいと自覚していたという彼は、はじめての成就までに七年かかった時間を取り返す勢いで、肌という肌を愛《め》で、やさしくいたぶった。

努力の甲斐《かい》あって、三カ月後にはぜんぶ挿入できた。半年後には、うしろでいかされた。三年が経つころには――光樹のほうが、溺《おぼ》れに溺れて戻れなくなると悟った。

空滋のセックスは、長くてあまくて執拗《しつよう》だ。そしてぜんぶが光樹のためだけにある。そんな愛情の固まりをぶつけられる行為に、中毒にならずにはいられない。

だからインターバルの空いたあと、こんなふうに即物的に求められると、もうなんでもいいから抱いてと泣いて懇願したくなる。

「でかい仕事のときは、無理させたらあかんからな。ずっとしてへんよな、光樹」

「んんっ……」

顔を寄せ、耳元でそっとささやく声だけで、ぞくぞくと腰が痺れてくる。

「今回のロケ、尊敬する監督と役者に囲まれて、言葉も英語ばっかで、ほんまに緊張しとったもんなあ。その気にもなれんやろと思って、横で寝るだけで三カ月か」

「あっ、やっ」

わざとらしく腰を押しつけられ、そのたくましさに鳥肌が立った。これ、をいれられるとき、どれくらい気持ちよくて、どれくらい乱れるか、身体はよく知っている。

「ご、ごめんなさい、くーちゃん」

あっさり謝って腰を揺らすと、空滋はすっと身体を離した。やだ、と光樹は顔を歪めてかぶりを振る。冷たいような目でじっと見つめられ、哀しくなりながらぞくぞくした。

自分たちの関係は、ちょっとばかりＳＭっぽいなあと思う。それはたぶん、光樹にＭっ気があって、空滋が上手にいじめてくれるからだ。そしてそれは光樹が求めているからで——根を張った依存はたぶん、どちらが主体とも言えない。

光樹は空滋を好きすぎるし、求めすぎる。空滋は光樹を愛しすぎるし、あまやかしすぎる。たぶんどっちも過剰で、欠乏していて、ただ、ふたりでいれば、きれいにまるく完結する。そうでなければ、どこまでもいびつなのだ。

「なにがごめんなさい？」

「見合いと、ロケのこと、俺の都合だとか、えらそうに言ってごめんなさい」

ひとつ謝ると、空滋は汗で湿りはじめた光樹のパジャマのボトムを、下着ごと引き下ろした。

「それから?」

「変なふうに、不安になって、疑ってごめんなさい……」

脚を開かされ、それでもさわってもらえないまま、すでに兆したものをじっと見つめられる。苦しくなって、光樹は身体を揺すった。勃起したそれが、ふらふらとものほしげに揺れる。

「なんで、腰振りよるん」

「だ、だって」

空滋が自分のシャツのボタンをはずしはじめた。最初は袖口《そでぐち》、それから身頃《みごろ》をひとつ、ふたつ。日焼けして引き締まった肌があらわになってくると、光樹はもじもじする脚をこらえきれなくなってきた。

学生時代ハンドボールで鍛えた身体は、いまもしっかりたくましい。年齢を重ねたぶんだけ厚みを増した胸に抱かれると、どれだけ気持ちいいか知っている。我慢できない。

「さわって、空滋」

ボトムに手をかけ、長い脚からそれを抜き取る空滋の姿に喉が乾《ひ》あがる。期待と興奮で

声がかすれ、光樹は目を潤ませた。

けれど空滋はまったく容赦がなかった。

「まだ謝ることあるやろが。なに濡らしとんの」

「んあ！」

さきほど乳首にしたのと同じように、指先でぴんと弾かれる。痛いのに、そのとたんまた先端からあふれるものがあって、光樹は全身を赤く染めた。肩で息をしながら、じっと待っていることすら前戯になっている。

「な、なに謝れば、いいの？」

乾いた唇を必死で舐めながら問いかけると、わからないのか、とでも言うように、全裸になった空滋は眉をあげてみせた。そしてなんの愛撫もしないまま、光樹の両脚を開かせて、秘められた奥の粘膜に指を添える。

びくっと光樹が震えたのは、彼の指にはすでにラテックスがはめられていて、ぬるついた感触が肌に痺れを呼び起こしたからだ。

「な、んで、そんなの、持ってんの」

「光樹といっしょにいるんやから、必要なもんはぜんぶ持ってる」

しらっと言ってのけた空滋に、初体験で暴発した青年の面影はない。恋人の身体を知り尽くし、自分の限界もまた同じく知った男の自信と余裕が漲《みなぎ》っている。

シャツの隙間《すきま》から覗《のぞ》いた、たくましい腹筋に喉が鳴った。そのしたで漲っているものから目が離せない。あの大きさ、かたち、光樹にぴったりの——。

「ああん！」

急に指を挿入されて、光樹はあられもない声をあげる。ひさしぶりだというのに、十年かけて彼に慣らされた身体はあっさり指を受けいれ、その反応をおもしろがるように空滋の目が細くなった。

「まだわからん？　なに謝るか」

「わか、わかんなっ……あ、そんな、いれたらもっと、わかんなくなるっ」

じんと脳まで痺れて、光樹は不自由な腕をよじって身悶える。けれど挿入しただけでなんの動きもない指に、違う意味で腰を揺するはめになった。

「やだ、くーちゃん、これ……」

動かして、もっとしてと目で訴えた光樹に、空滋ははあっとため息をついた。

「っとに、このあほ。いじめられて嬉しそうな顔すんな」

「だって……」

「だってちゃうわ。喜ばすためにやっとるんと違うぞ！」

指を引き抜かれ、太腿をぱしんと叩かれる。容赦のないそれに「痛い！」と声をあげると、空滋はまじめな顔で言った。

「起き抜け、おまえ、なんて言うた」

「え……」

いやな夢と現実がごっちゃになったままで、いやだとかなんとか叫んだ覚えはある。けれどはっきりと、口走った言葉までは覚えていない。困り果てて眉をさげていると、空滋は苦しげに顔を歪めた。

「きらい、て言うてんぞ。空滋なんかだいっきらい、て」

光樹は、はっと息を呑《の》んだ。口にするのもいやそうに――つらそうに、空滋は唇を引き結んでいる。

「だから、ちゃんと俺に謝れ」

「ごめんなさいっ」

語尾を掻《か》き消す勢いで、光樹は叫んだ。いくら混乱していたからといって、なんの咎《とが》もない空滋にぶつけるべき言葉ではなかった。ましてや、こんな痛そうな顔をさせるなんて、最悪だ。

ほんのすこし、その程度の言葉ですら傷ついてくれることに、うしろ暗い喜びを覚えたけれど、その感情はとりあえず胸の奥底にしまいこむ。

「ごめん、やな夢見て、だからやつあたりで、きらいとか嘘《うそ》だから」

「ほんまやな?」

「信じて。くーちゃんが好き。大好き。空滋が、空滋だけ、ずっと——」

必死に言葉を綴る光樹に苦笑して、空滋が身体を重ねてくる。唇もすぐに追いついて、やわらかくお互いを舐めあった。キスの直前、ほっとしたように広い肩の力が抜けたことに気づいて、光樹は泣きたくなった。

「……謝ったから、手、ほどいて」

「いやです」

長いキスの途中、苦しいと身じろいだけれども空滋はにべもなかった。

「傷ついた。腹立った。おまけに光樹が泣いた」

「え、だって、それは」

「俺以外のことで、光樹が泣くのは許さん」

「ちょ、そんな、勝手な……ああっ、やだっ」

鼻で笑ったあげく、さきほどまでさんざんいじり、過敏になった胸にあま噛みを繰り返し、もう一度指をいれてくる。あまい悲鳴は舌に溶かされ、空滋以外の耳には届かない。

「きょうでロケも終わったし、もう、好きにさせてもらう。あとは帰国するだけやし、オフにしとるし」

「ひ、飛行機とか、移動、とか……」

「寝とけばええし、なんなら抱いて運ぶ」

そんな無茶なと思った。ひと目につきすぎるような状況を作れるわけがない。けれど容赦なく身体を開かせようとする空滋の目つきは、冗談とは思えない。

「もう勃《た》ってるな。さわってもないのに」

「あう、やっ」

ずるりと指を抜き取られ、なんで、と光樹は身震いする。ラテックスをはずしながら、ぺろりと上唇を舐めた空滋は「うっかりしてた」と目を細めた。

「本気でやると、ベッド汚すからな。弁償騒ぎになるとあかんから、さきに準備」

「えっ」

ひょいと光樹の身体が持ちあげられ、バスローブでくるんでいったんソファにどかされる。そしてホテルに備えつけのものではなく、持ちこんだ大判のタオルケットを二重に敷く空滋の姿に、光樹はあきれ、引くべきだと思う。

(だって途中だよ。なのに、なにその準備って)

ばかじゃないのかと思いたいのに、身体の熱はちっとも引かない。ベッドが汚れるほどするのか、と思うと肌がじんじんして、早く早くとそればかりを考えてしまう。

おまけに、ベッドメイクを終えた空滋は、すぐに光樹を迎えにこなかった。まるで見せつけるかのように脱ぎかけて乱れたままだった服を肩から落とし、引き締まった広い背中を光樹のまえにさらす。

靴と靴下を脱ぎ、ベルトをはずし、ボトムを落とす。ボクサータイプのショーツに包まれたかたちのいい尻《しり》に、光樹は爪を噛んで見惚《みほ》れた。

マネージャー業をやっていても、いまだにモデルにどうだと誘われるプロポーションのよさ。けれど彼の裸を知っているのはおそらく、光樹だけだ。

「光樹」

名前を呼ばれ、ごくりと喉が鳴った。下着一枚でベッドに腰かけた空滋が、ちょいちょいと飼い犬の海を呼ぶように、指だけで光樹を呼び寄せる。

ふらつく足をこらえて、彼のもとへと進んだ。羽織っただけのバスローブが床に落ち、腰かけた空滋のまえに立つと、腰にゆるく腕をまわされる。

「やらしい顔やな」

「誰の、せい……っ」

腹部に口づけながら言われて、光樹はぶるっと震える。

心臓が破裂しそうになっている。欲情しすぎて目のまえが赤い。息が荒くて、くらくらしている。股間はもう恥ずかしいことになっていて、濡れているせいでひんやりした。

けれど空滋も同じくらい高ぶっている。

「舐める？」

いつもと真逆の、見あげる視線で問われた。あまったるく痺れる爪先をもじもじさせながら、光樹は「どっちを？」とかすれた声で問う。

「どっちがええ？」

「んんっ」

言いながら尻を揉まれ、さきほどまでひらかれていた奥を指でいじられる。膝が笑って立っていられなくなり、彼の肩にしがみついた光樹は押し殺した声で言った。

「い、いっしょにする」

「いっしょに、なにするん」

「なめ、舐めるから、舐めて、お願い……お願いっ」

叫んだ瞬間、ベッドに倒された。すぐに彼の股間を眼前にされ、焦るような手つきで下着をひきおろす。横臥《おうが》したまま、恋人の性器に口をつけたのはどちらがさきか、光樹にはわからなかった。

「んんっんふっ、んっ」

口いっぱいに頬張ったそれを、させてもらえるようになるまでけっこう時間がかかった。空滋はとにかくやさしくて、やさしすぎて、光樹が奉仕するような真似をさせるのは気が進まなかったからだ。

——したいの。舐めたいんだよ。ぜんぶ知りたい。空滋の、食べたい。

泣きながらおねだりして、はじめてフェラチオをさせてもらったときには嬉しくて、舐めているだけで光樹のほうがさきに射精してしまった。

「……っ、ほんま、うまそうにしてから」

「ん、だって、おいし」

揶揄《やゆ》の声に、潤んだ目で光樹は答える。濃い男のにおいも、味も、空滋の欲情の証だと思うとたまらない。十年で覚えた彼のすべてを飲みこむコツを披露しながら夢中になっていると、ちいさくうなった空滋が同じくらい執拗な愛撫をくわえてくる。

(あ、指、また)

今度はジェルをつけて、たっぷり濡らされた。感触で、ゴムはないと気づかされる。ごつごつした指の関節が粘膜をこすっていく感覚に、全身がぶるぶる震えだす。

「あっあっ、あ！」

感じる部分を強く押されてびくっと震え、光樹は思わず口を離す。ちいさく身体をまるめようとしたけれど、空滋のたくましい腕が「あかん」と引き戻す。

「あ、だっても……もう、やだ、もう、いい」

「いいことない。しっかりゆるめんと、あとで痛いやろ」

腿《もも》に噛みつかれながら動くなと言われ、無理だと泣くと、シックスナインの体勢からうつぶせに転がされる。膝でふくらはぎを抑えつけるようにした空滋は、腰を高くあげた光樹の奥を、いくつもの指でねちねちといじり、拡《ひろ》げ、やわらげた。

「痛ない？」

ぴったりと背中に胸をつけて、耳元でささやかれる。空滋の乳首が硬くなっていて、それが光樹の肌を押す。ぞくぞくしながら何度もうなずき「もっと」とねだると指が増えた。

「あー……！」

耳を噛みながら奥を暴かれ、疼《うず》いた腰を上下させる。シーツ代わりに敷いた厚手のタオルケットはすでに湿っていて、高ぶった股間をそこにこすりつけていると、空滋の手が包みこんでくる。

「やっ、いっしょ、だめ」

「なんで。好きやろ」

「だ、だって」

わかっているくせにと肩をよじって斜めに睨むが、空滋は楽しげに笑うだけだ。眇《すが》めた目が意地悪に光っていて、光樹はぞくぞくする。

（もお。昔は言葉責めとか、ありえないって赤くなったくせに）

けれどそれも、光樹が望んだことだった。ベッドであまくいじめて、ときどき暴君になってほしい。未熟で焦れて、想像がエスカレートするばかりだった子どもの妄想を、空滋はこれ以上ないかたちで実現してくれている。

「だって、なに？　言って、光樹」

ぎゅっと握られて、声にならない悲鳴をあげる。のけぞった喉、すくんだ肩に噛みつかれ、背中を舌で撫でられながら指で何度もえぐられた。

泣きながら光樹は「もうだめ」と訴えた。

「いっちゃう、いっちゃうからっ。それ、すると、いれるまえにいくからっ」

「べつにいけばええやろ」

光樹は、いやだ、とかぶりを振った。

前戯で射精させられたあとに挿入されると、なかなかいけないぶん、そこからが異様に長くなるのだ。おまけにドライオーガズムにはまりやすくなり、何度もなんどもいかされる羽目に陥ってしまう。

「お願い……いっしょに、いきたい」

「心配せんでも、そうする」

やさしく頬に口づけられ、一瞬安堵《あんど》したのもつかの間。

「俺が長持ちすんのは知ってるやろ。安心して、好きなだけ感じとけ」

「え、や、ちが……っ」

そっちの意味じゃない。なかば怯えながら光樹はかぶりを振った。空滋は体格のとおりとにかくタフで、文字どおり精根尽き果てるまで光樹を抱き続けることができる。

さすがにぞっとして逃げようとしたら、その動きを利用してさらに腰を高くあげさせられ、まえもうしろも指の動きを激しくされた。

「だ、だめくーちゃん、だめっ、あっあっ」

「いいから、いけ。ほら、我慢せんで」

「いやだ、やだ、あああ、ああ！」

がくがくと全身が震え、まえへまえへと逃げようとするのを長い腕で拘束され、光樹は射精した。緊張し、一気に弛緩《しかん》してシーツへ倒れこむ。出続ける間もずっと空滋にそれを揉まれ続け、絞り出すかのようにされてすこし痛い。

「も……やだって、言ったのに」

恨み言を言いながら息を整えていると、休む暇もなく身体をひっくり返され、空滋の曲げた膝のうえに乗りあがるよう、腰を高く持ちあげられる。

指でさんざんいじられ、ほころんだ場所に熱いものが当たる。さきほどの余韻でびりびりしている身体は、過剰なほどにびくんと震えた。

「やだ、休みたい」

いつもはあますぎるほどあまい恋人は「聞かん」とひとことで光樹のお願いを叩き落とした。こうなっているときの空滋は、まるで別人のように強引で、欲を満たす男の身勝手さを全面に押しだしてくる。

本音を言えば、光樹はこういう空滋が好きだった。好き放題、光樹の身体をむさぼろうとする瞬間、いつも面倒をみられてばかりの自分を彼が本気で欲しているのだと思い知る。だから抵抗もかたちばかりで、彼の肩に置いた手は、押し戻すのではなくゆるくすがっているだけだ。

「や、いれちゃいやだって、あ、ばか……っ」

「聞かん、言うたやろ」

ぐっと空滋が押しこんできた、太くて熱いなにかが、身体をひらく。光樹はのけぞりながらあまったるくあえぎ、長くゆっくりした侵入を拒むふりで誘う。

「や、すごい、いっぱい……あっ！」

「んー……」

深く挿入したあと、空滋は必ず大きく腰をまわす。ペニスの全面で粘膜を感じようとするように、ゆっくり、ぐるりと襞《ひだ》をなぞり、満足したようにため息をつく。そうすると光樹はとても感じて、きゅんと一度、握りしめるように粘膜を締めてしまう。

ふううっと息をつきながら、「ああ」と空滋がうめいた。じっとしていてもびくびく脈が伝わってくる勃起《ぼっき》はひとりでにうねる粘膜と一体化し、たまらないほどの快感を与える。

「いやいや言うくせに、なんでそんな嬉しそうなん」

「や、してない」

恥ずかしいとかぶりを振ったけれど、見透かした空滋が、汗の浮いた顔で笑う。

「嘘つけ。こんなんして、……っ」

言葉を切った彼が、目を閉じてぶるりと肩を震わせた。

「ああ、くそ、いい……」

たまらずに口走ったそれが、光樹の心臓を撃ち抜いた。自分の身体で感じ、情欲をぶつけてくる恋人を見あげているこの瞬間と引き替えになら、なんだって差しだせると思う。

味わうようにゆったり腰を動かし出すと、ひたひた満ちるように圧があがってくる。足の裏からじわじわ、熱がかゆみをともなって這い上がり、つうん、つうん、と粘膜の奥に定期的な刺激がくる。それとまったく同じリズムで空滋は光樹を突く。

「あっ、あっ、あっ」

体内に起きる微弱なパルスと、ペニスのこすれる感触は絡みあい、気づくと光樹はいつも悲鳴じみた声でみだらにあえいでいる。

「くーちゃん、俺の身体、好き?」

「訊くまでもないやろ」

「ん、だって、十年、これしか、知らなくて、飽きない?」

「飽きるか、あほ。こんなに……」

耳を舐められ、言葉を吹きこまれる。いやらしくてあまい言葉。光樹がどうなっているか、どうしてほしいか、空滋はどうなっているか、どうしてしまいたいか。やさしく、せつない声で何度も何度も想像をかきたてられ、じっさいにしていることと、これからすること、ときにはしないことまでも、脳のなかで行われる。汗、唾液《だえき》、もっとぬめった分泌液がどっとあふれて、腰がくねりながら制御できない動きをはじめる。

「気持ちええ?」

「んっ、んん、いいっ」

したからのぼったパルスと別の波が、耳からはいりこむ。つうん、つうん、と光樹を犯して、足が攣《つ》りそうなくらいに反り返る。

息が荒れ、悶《もだ》えてよじれながら身を縮める。きゅっと体側に沿った腕が薄い胸の肉を押しあげ、かすかに盛りあがる。

「ちっちゃいおっぱいやな」

空滋は楽しそうにそれを眺め、つんと乳首を軽く押す。ぴりっと痺れて粘膜が締まった。今度は押しこまれて震わされる。どろどろとしたものがあふれた。二本の指でつままれ、くにんとまわされたとたん、光樹は叫んだ。

「いい、いい、いいいいい!」

腰を抱えられ、浮かされる。臍《へそ》の裏に先端を当てるようにしてごりごりとこすられ、いちばん感じるところを突きあげる硬さに涙がでた。

あまいもので身体がいっぱいだ。噴きだすくらいにいっぱいで、止まらない。

背を反らすようにして自分のうえで腰を振る男の姿が、ぞくぞくするほど色気を感じさせた。眉をひそめて軽く口を開け、ときどきこらえきれないようなため息を吐く。かすかにあえぐその声が聞こえると、爪先から脳まで針のように細い刺激が走り抜ける。

腕を伸ばして、骨格がきれいな肩に触れた。気づいた空滋がふっと目を開け、欲情にけぶったまなざしを向けてくる。視線が、汗ばみ赤らんだ顔から首筋、鎖骨から胸、そしてつながった場所へと降りていくと、触れられてもいないのに肌がざわついた。

身体の奥がきゅんとして、「んん」と空滋がうめく。

「締めんな……ふつうでも、きついのに」

「そんな、無理、い……あっ、あ！」

咎めるように揺すられ、声が乱れる。強すぎる快楽に身体が勝手に逃げを打ち、浮きあがった腰を捕まえられてもっと奥まで暴かれた。さきほど視線でたどったルートを指で追いかけられ、ぴんと尖ったままの乳首を押しつぶされる。歯を食いしばって顎をのけぞらせると、流れる汗を拭うように舌が這った。

急所に軽く歯が食いこんでくる。無防備な場所を明け渡すことになんのためらいもない。たぶん空滋にこの瞬間、のど笛を噛み切られても光樹は満足した笑みを浮かべるだろう。

「ああ、くーちゃ……空滋、すき、好き」

「知っとる」

「やだ、ちゃんと言って」

しがみつきながらねだると、片目をすがめて空滋が笑った。

「好きや」

「……も、もっと……ああっ、あああ！」

言って、と続けるはずの言葉は、奥を突きあげた激しさにまぎれて意味をなさなくなる。

「もっと突く？」

「あっ、あっ、あっ」

ベッドをゆらしながら唆《そそのか》す男の肩に噛みついて、「突いて」とも「言って」ともつかない、不明瞭な声しかもらせなくなる。腰が勝手に浮いて、ふわふわして熱くて、涙が勝手にこぼれていく。

もうなにがなんだかわからなくなって、広い背中に指を立ててしがみついていると、息を切らした空滋は奥深くを抉るように突きながら耳を噛み、言った。

「……光樹、愛してる」

「――……！」

その瞬間、光樹は目を瞠《みは》った。一気に高まった内圧に引きずられ、悲鳴をあげてのけぞり、この夜一度目のドライオーガズムを迎える最中も空滋はずっと腰を動かし、あまい言葉を吹きこみ続ける。

感覚も感情も行き場がなくなり、じんじんする爪を噛んでこらえていると、空滋がそれをとりあげて噛んだ。

あまいキャンディのように指先を味わう彼の舌に溶かされ、愛情に犯されて、戻れずに。

光樹は声が嗄《か》れるまであえぎ続け、悪夢を打ち消してあまりある多幸感に身を委ねた。

＊　＊　＊

帰国した光樹は、映画の撮影と引き替えにひさしぶりにとれた長期オフの間に、春久と会うことができた。

外で会ってもひとの目が気になるしあわただしいだけだ。いまどきはどこの誰が写真や動画をネットにあげるかわからず、うかつな話もできないというわけで自宅に招いたのだが、ダイニングテーブルで料理をつつく春久はむしろご機嫌だった。

「ひさしぶりだなあ、くーちゃんのごはん。さすがにうまい」

春久のリクエストで、ずらりと並んだのは中華料理。調味料にブレンドずみのレトルトパックを使ったりはせず、すべて空滋が味つけしたものだ。

「俺だって、くーちゃんの手料理自体ひさびさだよ」

光樹がすこし拗ねた声で言う。

本業はマネージャーになった空滋だが、最初のころは相変わらず偏食の光樹のために、あれこれと料理を作ってくれていた。だが彼自身が多忙になってはそうもいかず、専門の人間に細かい好みを伝えてデリバリーしてもらう形になっていた。

「贅沢《ぜいたく》言うんじゃないよ、ここまで細かい気を配ってくれるマネージャーなんか、ふつうはいないんだぞ」

春久にやさしくたしなめられ、光樹は顔をしかめる。

空滋に言葉も身体も駆使してなだめられ、愛されたというのに、帰国してからもしばらくの間、光樹はあの夢の不安感から逃れられなかった。

表面上は平和にすごしていても、ふっと『あちらのほう』が現実だったらどうしたらいい、という妄想じみた恐怖が背筋を這いあがってくるのだ。

「なに、変な顔して」

「ん、ちょっと……春ちゃんに、相談あるんだけど」

「どんな?」

いやがりもせず、さらっと水を向けてくれる彼は、解散したあとでも元メンバーたちの兄貴分であることをやめていない。

この日春久に会いたかったのは、理知的な彼ならそういう不安を消すような助言をくれるのではないか――そんなあまえがあったからだ。

だが、一連の夢と不安を打ち明けた光樹に、春久は「なに言ってんの」とあきれた顔をしただけだった。

「あのね、光樹の願望については、これ以上ない形で満たされてるだろ。逆だよ、逆。うまくいきすぎてるから、却《かえ》って夢でバランスとってるんだと思うね」

「うまくいきすぎって……どこが」

二十歳になるころには芸能界など引退して、空滋とふたりで店をやるつもりだった。むろんそんな年齢で飲食店を開いたところで、成功するわけもないといまならわかるけれど――十七歳の光樹にとってみれば、ほんとうにただひとつ願った夢だったのだ。

新しい料理を作りに台所に立つ空滋をこっそり見やって、光樹は小声で口早に言った。

「俺、こんなこと続けるつもりもなかったし、くーちゃんにマネージャーとかやらせる気だってなかったのに……くーちゃんだって、ずっと俺のおもりばっかりで……」

きっと違う人生だって、あったはずなのに。そう告げると、春久は今度こそ処置なしというように、額を押さえて天井を仰ぐ。

そしてあろうことか、背もたれにもたれたまま仰向くほど身体をよじり、台所に向かって大声をあげた。

「くーちゃん！　光樹がお手あげなくらいにおばかなんだけど、どうしたらいい⁉」

「ちょっ……春ちゃん！」

光樹はあわてたけれど、中華鍋を振るいながらの空滋の答えもひどかった。

「ああ、あほなんは知ってますから、適当に言いくるめてください」

「なにそれ、なんだよ！」

「なんだよもなにも」

やれやれ、とかぶりを振って、春久は光樹の鼻先を指ではじいた。

「いったい！　なにすんのっ」

「基本に返りましょう。光樹はどうしてくーちゃんとお店やりたかったのかな？」

「え？」

「そしてくーちゃんは、料理人になってその腕を振るいたい、なんてひとことたりとも言ったことがあったのかな？」

ええと、と光樹はひりひりする鼻を押さえて黙りこむ。

「いっしょにいて、彼を独占して、面倒みてもらってごはん食べさせてもらって、眠らせてもらう。そうしたかったんだろ？　いまって、それとは違う？」

「え……」

　寸分違わない。まったく反論すらできなくなった光樹の頭上で、大きなため息が聞こえた。

「それ、俺もこいつになんべんも言うてるんですけどねえ。あほやから、ちっとも頭に染みていかん」

　ジーンズにシャツのうえからエプロンをつけた姿で湯気の立った大皿を手にした空滋は、上目遣いにじっとうかがっている光樹の頭を指先でつついた。またもや「痛い」とちいさく抗議したけれど、強気にでられるわけもない。

　春久はくっくと喉奥で笑いながら、空滋がテーブルに置いた皿を見て目を輝かせた。

「ご苦労さま。光樹は本当にばかだよねえ……おお、うまそう。これなに?」

「牛肉と野菜をオイスターソース、あと何種類か調味料ぶっこんで炒めてます。適当にいろんな料理アレンジしたんで、名前はないですけど」

　にこやかに会話するふたりに思いきりばかにされた光樹は、椅子の上で膝を抱え、むすっとした顔で爪を噛んだ。とたんに空滋の手刀で膝を払われた。

「いたいってば!」

「噛むな。そのカッコで座るな。猫背矯正《きょうせい》、ようやくできてきたとこやろが」

ちゃんと座ってお行儀よくしろ。言い渡した空滋は、またもや台所に引っこんでしまう。昼をへの字にしたままテーブルの向かいを見ると、嬉しそうに中華炒め物をつつきながら酒を呑む春久の姿があった。

「……春ちゃん、この大皿ひとりで食べきるつもり？　まだなんか作ってるみたいだけど」

「俺ひとりなんて、誰も言ってないでしょ。さきにやってるだけ」

え？　と光樹が首をかしげたところで、来客を知らせるインターホンが鳴る。セキュリティのしっかりしたこのマンションではコンシェルジュが来訪者の管理もしており、むろん、事前に予約がなければひとをいれることなどない。

「え、ちょ、誰？」

「ああ、俺でるよ」

あわてた光樹と裏腹に、のんびりした声で春久が立ちあがる。空滋をと見れば、驚いたふうでもなく黙々と海老のしたごしらえを続けている。

「くーちゃん、ねえ、きょうって……」

「天さんたちも呼んどいた。ずいぶん、会ってへんやろ」

意外な言葉に、光樹は目をしばたたかせる。ボウルで甘辛いソースを混ぜあわせていた空滋は、指先にすくったそれを味見して「よし」とうなずいた。

「みんな呼んだって、なんで?」

「光樹は、昔が懐かしいんかなあと思って」

頼れる春久がリーダーで、天と仲がよくて、森丘が隣で明るくにぎわせてくれていたあのころ、フロントとしての責任は重くても、グループ全体での仕事はやはり、安心感もあった。

それぞれがそれぞれの道を歩いたいま、光樹の仕事は光樹ひとりのものでしかない。

「映画、本当は相当プレッシャーやったんやろ。わかっとったけど、あのころ指摘したら、つぶれかねんなと思ってたから」

昔、思い描いた未来にこだわるのもそのせいだろう。空滋は低くなった声でやさしく諭《さと》した。

「仕事、いっぱいいれて大変やったろうけど。たまには昔に戻って、遊んでええぞ」

「……くーちゃ……でも……」

光樹にオフがなかったということは、同時に空滋の休みもなかったということだ。それなのに、旧友をもてなして光樹の面倒をみて気を遣って、彼はいったいいつ、安らげるのだろう。

申し訳なくて、胸が苦しくなった。そしてようやくわかった。

あんなふうに冷たい空滋を夢に見たのは、そう振る舞ってくれたらいっそ、光樹が覚える罪悪感が薄れたからなのだ。

光樹はいつまでもあまったれて、彼を離してやれない。それに百二十パーセント応えてくれる空滋がいつかいなくなったらどうしようと、潜在的な不安感が見せた、夢。

「俺、くーちゃん、あの――」

こみあげた気持ちを口にしようとしたら、空滋はさきほど自分が味見したソースをひとすくい、指にとって光樹の唇にくわえさせた。

「うまい？」

どうしていいのかわからないまま、こくんとうなずく。空滋は「ならよし」とさきほどと同じようにうなずき、したごしらえを終えた海老を中華鍋に投入した。

部屋の向こうでは、なつかしい三人の声がにぎやかに聞こえてくる。光樹が顔をだすべきであるのに、誰も呼びにこないし、空滋もいけとは言わない。

「できた。ほら、これ持ってって」

大皿によそった海老《えび》の炒め物を渡されても、光樹は動けない。しかたなさそうに苦笑した空滋は、長身をかがめて歪んだ唇をついばんだ。

「光樹が欲しかったら合法的に、社会的に、うしろぐらくない方法で、堂々とやれ。花岡さんは、十年まえに俺にそう言うてん」

「え……」

そのころからとっくに、いまの生きかたを決めていたのだと告げられ、はじめて聞いた事実に光樹は目を瞠った。

「おまえに言われたからやのうて、俺が、俺の意志で、好きでやっとる。光樹のためだけに生きてる。そういう惚れこみかたは、マネージャーに向いてるて花岡さんも言うてたし、俺よりおまえのことわかってる人間はいてへんやろ」

だから、舐めんな言うたやろ。ささやかれ、ちくちくと痛い瞼を必死でこらえる光樹は唇を噛みながら大きくうなずく。

「いちいち考えて決めたことですらない。ガキのころから、そういうもんやてあたりまえみたいになってたことやから、いまさらおまえのせいなわけがない」

空滋と、どんなふうに仲よくなったのか、その経緯など光樹もうろくに覚えていない。

多忙すぎるうえに、保身ばかりを気にする親から放置されていた光樹は、仕事の場でしか認められたことがなかった。

友人もろくにいなくて、本当にたまたま、転校してきた空滋と仲よくなったのは、お互い寂しかったからだと思うけれど——彼と出会ってからの二十年、光樹が孤独を感じたことなど一度もない。

「そんなわけで、俺はいつでも、ここにおるから。おまえは好きにしといで」

「空滋……」

十年まえ——いや、それ以上むかしから、ずっと変わらない空滋の笑顔。

彼はもうとっくに、光樹をまるごと受けいれていて、それ以外の生きかたなど考えてもいないのだと教えてくれる視線。

たぶんこれからも、負けたりめげたり逃げたり、いろんなことが起きるのだろうけれども、空滋がこの目を向けてくれるから、光樹はなんとかやっていけるのだ。

「空滋、大好き」

「知っとる」

くくっと笑って受け流すあたり、ずいぶん大人になってしまったようで、それだけはちょっと不満だけれども、ちょっと歪んだ笑みがかっこいいから光樹の鼓動は跳ねあがった。

本当に性懲《しょうこ》りもなく、この幼馴染みを好きだなと思う。

「ほら、冷める。はよいけ。次作るから」

とんと背中を押され、光樹はちいさく鼻をすすってうなずいた。

その瞬間、ふわっと、炒め物の香ばしいかおりが鼻腔を満たし、胸のなかまであたたかくなる。

潤んだ目をまばたきで払って、ひさびさの友人に見せるための笑顔を作り、光樹は足を踏み出した。

思惑とずれた未来は、なんだかとんでもなく幸せだった。

あとがき

ガッシュ文庫さんでは初お目見えとなります、崎谷はるひです。今作は、すごく昔の雑誌掲載作を改題のうえ改稿＋書きおろしというかたちで文庫にしていただきました。

タイトルを変更した理由なのですが……じつはうっかり、ほかの作品と非常によく似たものをつけてしまっておりまして。もともとのタイトルは『夢も見れやしない』。そして他社からノベルズの文庫化で出た『夢をみてるみたいに』という……まるでシリーズかなんかのような感じだ、といまになって気づいたのです。初出の時期が遠かったために、当時はうっかりしちゃっていて、担当さんにご相談のうえ、「既刊と間違われてはまずい」ということで、今回のようなタイトルに決定いたしました。

その改題した表題作『誘眠ドロップ』は、近年の私にしてはめずらしく、若者同士の話になっています。設定がアイドルのわりに、お世話してる・されてる裏話だけ、という割合地味な話なのですが、餌づけ攻めは定番で大好きです。脇キャラの春久は使い勝手がよくて、これも他社ですが、過去作品に「その後の彼」がこっそりゲスト出演もしてます。

幕間のような『初恋ロリポップ』は本編の三年後、これはじつはページ調整のために書いた話なんですが、タイトル的にはこれが表題がよかったのにと、担当さんに言われました……がすでに表紙デザインはできていたのでした……（笑）。

で、書きおろし『爪先キャンディ』は本編十年後です。これは担当さんにも言われたんですが、いまの色々不安定な状況があっても、十年後にもハッピーならいいね、みたいな感じで、思い描いた未来予想図とは違っても、あくまで幸せなふたりということで。

古い作品だけに、改稿はしてもあまり手はいれられず、比較的当時のままです。七年の時間はやっぱり作風を他人のように変化させてしまっていて、大幅に話を変えるかどうするか……と迷った末、最低限の調整に留めました。過去作とふれあうと、変わっていないつもりでも変わった部分をまざまざと痛感しますが、これも自分の一部なんだろうな、と思っています。

さて行数がもうございません。今回お世話になったイラストの山田シロさま、お忙しいところ、ご迷惑をおかけいたしまして大変申し訳ありませんでした。素敵なイラスト、ありがとうございました。担当さまにも進行ほかご迷惑をかけましたが、いろいろとご協力ありがとうございました。あとチェック協力Rさん、各種協力SZKさん、ありがとう。

なにより、お読みいただいた皆様。いろいろなことが起きている時代ですが、こういう暢気なラブストーリーを無事に読んでいただけることに感謝です。元気にまいりましょう。

THANK YOU

とっても初々しくてかわいい二人のお話に
携われて幸せでした。
何年経っても変わらない関係が凄く
羨ましく微笑ましかったです。
ありがとうございました。

山田シロ　拝

KAIOHSHA ガッシュ文庫

誘眠ドロップ
（ハイランド 小説ラキア2001年秋号 掲載作品を加筆修正・改題）
初恋ロリポップ
（書き下ろし）
爪先キャンディ
（書き下ろし）

崎谷はるひ先生・山田シロ先生へのご感想・ファンレターは
〒102-8405 東京都千代田区一番町29-6
（株）海王社 ガッシュ文庫編集部気付でお送り下さい。

誘眠ドロップ

2011年6月10日初版第一刷発行

著　者　崎谷はるひ
発行人　角谷　治
発行所　株式会社 海王社
〒102-8405　東京都千代田区一番町29-6
TEL.03(3222)5119(編集部)
TEL.03(3222)3744(出版営業部)
www.kaiohsha.com
印　刷　図書印刷株式会社

ISBN978-4-7964-0176-0